东　西 / 主编

广西当代作家丛书（第五辑）

■ 何述强　著

重整内心的山水

广西人民出版社

图书在版编目（CIP）数据

广西当代作家丛书. 第五辑. 重整内心的山水 / 东西主编；何述强著. —南宁：广西人民出版社，2023.9
ISBN 978-7-219-11607-4

Ⅰ. ①广… Ⅱ. ①东… ②何… Ⅲ. ①中国文学—当代文学—作品综合集—广西 ②散文集—中国—当代 Ⅳ. ①I218.67

中国国家版本馆 CIP 数据核字（2023）第 146294 号

GUANGXI DANGDAI ZUOJIA CONGSHU（DI-WU JI） CHONGZHENG NEIXIN DE SHANSHUI

广西当代作家丛书（第五辑） 重整内心的山水
东　西　主编
何述强　著

出 版 人	韦鸿学
策　　划	罗敏超
统　　筹	覃莘萍
责任编辑	李恩彤
责任校对	周月华
封面设计	翁襄媛

出版发行	广西人民出版社
社　　址	广西南宁市桂春路 6 号
邮　　编	530021
印　　刷	广西民族印刷包装集团有限公司
开　　本	787mm×1092mm　1/16
印　　张	15.5
字　　数	177 千字
版　　次	2023 年 9 月　第 1 版
印　　次	2023 年 9 月　第 1 次印刷
书　　号	ISBN 978-7-219-11607-4
定　　价	45.00 元

版权所有　翻印必究

"广西当代作家丛书（第五辑）"
编委会

主　任　严　霜　东　西
副主任　钟桂发　牙韩彰　石才夫　韦苏文　张燕玲
委　员　朱山坡　严风华　凡一平　蒋锦璐　潘红日
　　　　　田　耳　李约热　盘文波　王勇英　田　湘
　　　　　盘妙彬　丘晓兰　房永明

主　编　东　西
副主编　石才夫
编辑部主任　房永明

总 序

从2012年党的十八大召开到2022年党的二十大召开，这段历史，在党的二十大报告中，被称为"新时代十年的伟大变革"。这十年，以习近平同志为核心的党中央团结带领全党全国各族人民，迎来中国共产党成立一百周年，中国特色社会主义进入新时代，完成脱贫攻坚、全面建成小康社会的历史任务，实现第一个百年奋斗目标。历史性的胜利，彪炳史册。

这十年，也是中国文学界牢记习近平总书记嘱托，坚持以人民为中心的创作导向，从"高原"持续向"高峰"攀登的十年，是"文学桂军"锐意进取，不断夯实基础、壮大实力、提升影响的十年。

2001年至2012年，广西作家协会在自治区党委宣传部的大力支持下，精心组织，陆续编辑出版了"广西当代作家丛书"一至四辑共80卷本，80位广西当代有成就、有影响的作家入选该丛书，成为中华人民共和国成立以来广西文学界规模最大的文化积累工程，此举备受国内文坛瞩目。可谓功在当代，利在千秋。

从2012年至今，刚好十年过去。"文学桂军"在小说、报告文学、诗歌、散文、儿童文学等体裁创作上，又涌现出一批具有全国影响力的代表性作家，少数民族作家队伍的创作实力在全国处于领先地位。国运昌盛，文运必兴。编辑出版"广西当代作家丛书（第五辑）"，推出新一代广西作家，成为文学界共同的期待。

十年来，得益于自治区党委、政府的关心支持，得益于自治区党委宣传部的正确领导和大力扶持，"文学桂军"呈现出良好生态和健康发展势头，一批作家频频在全国重要文学刊物亮相，一批有分量的作品在全国各知名出版社出版。陶丽群获第十一届全国少数民族文学创作骏马奖，红日、李约热、莫景春获第十二届全国少数民族文学创作骏马奖，朱山坡、李约热分别获第七、第八届鲁迅文学奖提名，东西的长篇小说进入第十届茅盾文学奖前20名。十年来，据不完全统计，广西作家出版长篇小说、中短篇小说、散文、诗歌、儿童文学、报告文学等专集选集共600多部。一批作品获广西文艺创作铜鼓奖，《人民文学》《小说选刊》《民族文学》等刊物年度优秀作品奖，以及《小说月报》百花奖、花城文学奖杰出作家奖、郁达夫小说奖、茅盾新人奖、《雨花》文学奖、华语青年作家奖、《钟山》文学奖、《儿童文学》金近奖、"小十月文学奖"佳作奖、华文青年诗歌奖、三毛散文奖、冰心散文奖等，入选各类文学排行榜。"文学桂军"已然成为家喻户晓、有全国影响力的响亮品牌。

为进一步繁荣广西文学事业，全面展示党的十八大以来广西文学创作的丰硕成果及新时代广西作家的精神风貌，广西作家协会决定组织出版"广西当代作家丛书（第五辑）"。

该丛书的入选作者须具备三个条件：一是作者须为广西作

家协会会员，中国作家协会会员优先；二是近年来创作成绩突出，曾经获得全国性文学奖或自治区级文学奖；三是个人创作成绩显著，作品在全国重要刊物发表。在广泛征求意见基础上，经各团体会员推荐、广西作家协会主席团会议酝酿讨论，实行无记名投票推选，共评出入选作家20名。田耳、田湘、王勇英等作家，由于作品版权原因，遗憾无法纳入本次选编。一批作家近十年创作成果丰硕，由于已经入选前四辑丛书，本次不再选入。

习近平总书记曾多次指出，文运同国运相牵，文脉同国脉相连。文化兴则国家兴，文化强则民族强。当代中国，江山壮丽，人民豪迈，前程远大。时代为我国文艺繁荣发展提供了前所未有的广阔舞台。"文章合为时而著，歌诗合为事而作。"衡量一个时代的文艺成就最终要看作品。推动文艺繁荣发展，最根本的是要创作生产出无愧于我们这个伟大民族、伟大时代的优秀作品。没有优秀作品，其他事情搞得再热闹、再花哨，那也只是表面文章，是不能真正深入人民精神世界的，是不能触及人的灵魂、引起人民思想共鸣的。习近平总书记关于文艺工作的重要论述，已经成为广大文艺家的自觉遵循，内化于心，外化于行。收入本辑丛书的作品，内容丰富、题材广泛、风格多样，在记录伟大时代、反映现实生活、讴歌人民创造等方面，用心、用情、用力，很好地体现了以人民为中心的创作导向，集中展示了祖国南疆新时代蓬勃多姿的文学景象。

习近平总书记在党的二十大报告中指出，推进文化自信自强，铸就社会主义文化新辉煌。全面建设社会主义现代化国家，必须坚持中国特色社会主义文化发展道路，增强文化自信。坚持以人民为中心的创作导向，推出更多增强人民精神力量的优秀作品，培育造就大批德艺双馨的文学艺术家和规模宏大的文化文艺人才队伍。这为新时代新征程的文化建设和文艺创作指出了正确方向，提供了根本遵循。

当前，全党全国各族人民正在深入学习宣传贯彻党的二十大精神，满怀信心向第二个百年奋斗目标迈进。编辑出版"广西当代作家丛书（第五辑）"，可谓正当其时，也是贯彻落实《中共中央关于繁荣发展社会主义文艺的意见》和《中共广西壮族自治区委员会关于繁荣发展社会主义文艺的实施意见》，用文学助力建设新时代中国特色社会主义壮美广西的最新成果。

伟大时代必将激励、孕育伟大的作家和作品。希望广西作家和文学工作者，坚定文化自信，做到文化自强，坚守艺术理想，追求德艺双馨，不断增强脚力、眼力、脑力、笔力，以刚健、厚重、先进、质朴的创造抵达伟大时代的艺术高度。诚如中国文学艺术界联合会主席、中国作家协会主席铁凝所寄语的那样：广西文脉深厚、绵长，新时代新征程上，相信广西作家能以耀眼的才华编织崭新"百鸟衣"，描绘气象万千的"美丽的南方"。这是时代赋予我们的责任，唯有俯下身子，深入到火热生活中去，深入到人民中去，不断学习，不断攀登，以作品立身，以美德铸魂，方能不负时代，不负人民。

是为序。

石才夫

2022年10月31日

CONTENTS 目 录

山水行思 /

- 003　重整内心的山水
- 010　一生中总要走近一口清泉
- 019　转化的力量
- 027　我在棉花天坑想到了什么
- 034　尖山独秀
- 037　大明山之旅
- 046　会仙山摩崖
- 051　一首词与一泓水
- 056　这里的河山
- 063　匹夫关怀古
- 069　山川胜迹留霞客
- 072　山中处子盘阳河
- 076　三门海照见人生的幽境
- 078　千秋遗迹老土城
- 081　经历雨夜
- 084　草根的呼吸
- 092　街上流行信天游

旷野寻风 /

097　与石相依

102　走　坡

115　历史册页中的东兰
　　　——东兰走笔系列之一

121　岩洞里的东兰
　　　——东兰走笔系列之二

132　石头上的东兰
　　　——东兰走笔系列之三

139　神话和山歌里的东兰
　　　——东兰走笔系列之四

秋水文谈 /

147　月光下是否打漏一只秋虫
　　　——读王彬《旧时明月》

153　我们生命中的基本事物
　　　——读潘琦近期散文

161　左翼作家周钢鸣和他的表兄弟

168　生命中有一个流水潺潺的村庄
　　　——《广西宜州文学作品典藏·散文卷》序

176　我读《泰隆先生》

178　我读《幽冥仙途》

182　现实的疼痛与梦想的重生
　　　——评彩调剧《山歌牵出月亮来》

艺道浅悟 /

189　诗歌似乎没有离开过我
203　作为生命体验的经典阅读
213　请保留一份生涩
222　散文的边界

232　后　记

山水行思

重整内心的山水

那天游金城江珍珠岩的时候，我落在最后。通常这样的活动我都会掉队，大约是因为我的关注点跟大家不一样。这样的说法其实也是在为我容易走神的德行辩解。那天我是迷恋洞中潺潺的流水声和淙淙的滴水声，用手机录下两段好听的声音，好让自己在以后的暗夜里能够回放听一听，让心里保留点生机。我光顾录音，顾不上岩石上的水滴打在身上。为了提取天籁，必须凝神静气，容不得半点马虎。我相信，那些提取蛇毒的人，也必须这样。太粗暴，太草率，不仅得不到精粹的蛇毒，可能还存在一定的危险。

美妙的水声让我有一种别样的亲切感。录了两段水声之后我又继续往前走，在一个打粉红色灯光的地段，我被岩石上两泓清澈无比的天然池水吸引了。如果把它们放大来看，它们就是天上的瑶池。池面泛起微微的波澜，那是天上的微风吹拂的。洞里粉红色的灯光，多少制造了点迷幻感。我仔仔细细地给两泓清水拍照片，完全迷醉在一些遥远而古老的诗意想象之中。之后又在手机里甄别遴选，把不满意的删除。当我终于满意地抬起头来，这个时候，我的头部被什么东西碰上了！我完全忽略了一个现实，在一段比较低矮的岩洞，是不能随意昂首的。现实的坚硬毋庸置疑。这一碰，谈不上重，也谈不上轻，但是有它内在的力度和尖锐性。我明白我已经碰壁了，头顶上的石壁正好有一些尖锐突起的棱角。脑子里轰的一下。然后我感觉头顶上开始有液体流动，我下意识地用手捂住了头，内心里产生一种莫名的恐惧。毕竟人群已经走远，洞里只剩下我一人。因为有了恐惧心理，我加快了脚步，一路往出口赶，只是捂住伤口的那只手一直不敢拿开。到了洞口，还好，队伍没有完全撤离，还有人等待我这个落伍者。金城江的朋友知道我受伤了，关切地带我到镇里的卫生院看医生。一个女医生用药水洗了一下伤口，然后放了点药，也不用包扎。看来，算是轻伤。无伤大雅。

这一小小的触碰，是珍珠岩送给我的额外礼物。也许是在提醒我，不要过多沉溺在自己想象的世界中，要多留心身边的环境。在很短的时间内，我经历了从沉溺、碰壁，到恐惧、紧张，再到放松这一过程，最后心里竟然感到出奇的平静。坦然之下，觉得自己清除了许多妄念，许多妄想。有一种给自己松绑，放下许多负累，自此后，看山就是山，看水就是水的感觉。

就是在这种状况下我登上了游览六甲小山峡的游船。小山峡我曾经游览过好几次，但也许是由于心态的原因，似乎没有找到山水的真正面目。但是这一次不同，这一次我刚刚在洞里被碰了头，伤口还在隐隐作痛。没有仇恨的受伤给我带来一种奇妙的听天由命的平静。平常跟人合影，我总是有点茫然、不知所措，表情呆滞、僵硬。我总是学不会在镜头前会心地笑。我知道，有些笑，得经过专业培训。而这次，在清风拂面的游船上，我的表情前所未有的坦然。我第一次获得了与山水共处的和谐感。在青峰簇拥下，幽清的河水无尽地流淌。我注意到江上连绵的青峰，我看到青峰之上白云朵朵。没有额外的激动和额外的惊喜。仿佛一切都早已存在于呼吸吐纳之间。山水的和谐，就是我们内心的和谐。我们生命里的事物，原本就不需要大呼小叫到处寻找。所有的山水，都是我们内心的山水。它需要我们沉静下来，才能够看清它们，欣赏它们。就像旧时电视屏幕画面混乱不堪，原因是我们没有调好频道。

我从十九岁开始与金城江这座城市结缘。那时是一不小心就迷失在街角的状态。我记得，那个时候流行曲《一无所有》《信天游》正在大街小巷流淌，而我只是感觉到金城江人很拥挤，有很多楼房，楼房背后就是山，有一条龙江河穿城而过，但是没有时间去凝视它们。十九岁之后也还有很多次路过金城江，或寻亲访友，或短暂停留，每次感觉都是匆匆忙忙，都是为了办一些事，带着某种焦虑和不安，不能心平气和地面对金城江那些高远的事物，比如山，比如水，比如天空的白云。只留意地面的事情，就不会关注天空的迹象。我曾邀一个在南宁做生意二十年总是没有成功的朋友到南湖边走走，当我们在草地上躺下来，望着星空，这位朋友突然说了一句让我十分惊讶的话，他说："我有二十年没有看过天空了。"

大多数的时候是路过金城江，没有停留。透过车窗看到金城江的山，金城江的水，也感受到奇特和幽深。但是没有在念想里对它们进行归纳和深思。金城江的山水在我印象里都是只鳞半爪，浮光掠影，可能也是彼时的心境的写照。而这一次不同，这一次到金城江，感觉自己已无复少年时。沧桑之后，能够有机会置身于金城江的旷野，自由吐纳，实实在在地、痛痛快快地饱览金城江的山水。一种相见恨晚的感觉油然而生。

在侧岭，那些千姿百态的山峰第一次以整体的气象扑入我的视野，告诉我它们存在的意义。它们不是被分割的局部，不是形单影只的个体，它们是一幅气势恢宏的画卷，是一个整体。侧岭简直就是奇特峰岭的王国。像飞禽，像走兽，像石笋，像玉簪，每一座山峰都在考验人们的想象力。并且，山峰与田地、流水、村庄、农作物映衬和谐。山峦间，云朵变幻无穷，更加衬托出侧岭的奇妙。"思飘云物外，律中鬼神惊。"看到侧岭山峰上飞翔的云朵，极易想起这样的诗句。宋代赵清献评价杜甫的诗歌有这样的说法："天地不能笼大句，鬼神无处避幽吟。"我感觉侧岭的山峰具备一种独特的魅力，仿佛杜甫的诗句一样，不被天地笼尽，不被束缚，它的曼妙自述，抵达所有的幽深之处，连鬼神也无法逃避。它们像一支支欢快的旋律跃荡在南方广袤的天空之下，又像是一群欢快的灵物正在这片水草丰美的土地上嬉戏。一定有一些是天上的谪仙，他们畅饮美酒，时而啸歌，时而低吟，时而侧身半卧，表情似醒非醒，似醉非醉。总之，侧岭的山有一种活泼感。山石是坚硬的，但山的形状呈现出少有的灵动。

侧岭也是一个铁路站点。一条有历史的，在西南地区曾经发挥重要作用的铁路干线穿过侧岭的千峰百嶂。随着铁路改线，侧岭站已经荒废了。那些曾坐火车经过侧岭的人，不计其数，想必也凝视过侧岭的山，在他们的记忆里保留着侧岭的几许影子。

多年前，为了写一本河池的城市传记，我到过金城江的老河池，也就是现如今的河池镇。要写金城江，对我来说，老河池是一个不得不提的地方。看水到六甲，看山到侧岭，看时光历史，就一定要到老河池。当然，老河池的山水也非同寻常。金城江处处皆称山水胜境。老河池在金城江区的中部，距离金城江中心有约28公里的路程，原来是河池县和河池州的所在地。1953年，县政府从老河池迁到金城江镇。"河池"这个名字正是脱胎自老河池，这座小城的历史积淀可想而知。

那次，我去看了老河池红军标语楼，看了流水岩的壮观瀑布，还看了凤仪山下的老文庙。那时文庙正在修复，房子是新建的，里面空空荡荡，什么都没有。门口两块残破的石碑一看就知道是老文庙的遗物，可惜字迹多数已经漫漶，但仍然可以辨认出一些古圣先贤的名字。碑很大，可以想象当年文庙的规模。县志记载："东西庑前，有古桂两株，一丹一银……不知几何年代，花时香闻一城，亦地方之粹也。"种桂花树，大概是取蟾宫折桂之深意。1947年文庙用作学校，左边是小学，右边是中学。中学在解放前叫河池国民中学，解放后叫河池中学。我的老师韦启良先生是河池人，正是在河池中学念的初中。韦启良老师一生从事教育，他的人格魅力和思想学术对桂西北学子有着重要的影响。桂西北高校——河池学院如今之所以办学特色鲜明，人文气息浓郁，就是因为当年他与同道者们奠定了基础。当我得知韦启良老师在凤仪山下这所紧邻文庙的学校读过书，心里是颇有些震动的。因为我感觉到我们的韦启良老师似乎在延续着文庙古圣先贤的精神。或者说，他把古圣的精神带在身上，离开凤仪山，把这种精神传播得很远。这么说来，这凤仪山文庙大有来头，它或许是河池教育与文脉的一个出发点，一个薪尽火传的知识圣地。

文庙尽管历遭兵火，几遭拆毁，又几度重建，很多碑刻被打碎、湮灭了，很多殿宇消失了。但是，凤仪山下的风中有一种闪闪发光的东西，那是我们心灵世界的殿宇，这座殿宇不会被摧毁，不会随着时间的流逝而消失，不会因为时代的变迁而更改。韦启良老师是有信念的，这信念支撑着他的教育梦想——一辈子的执着努力就是为了改变山区落后的教育面貌。

我关注过一个叫张烜的宜州历史人物。明嘉靖己丑科（1529年）进士。他从知县做到广东参政，再到南京御史，最后巡抚河南。宜州的会仙山上至今留有他的两通摩崖石刻。山南的白龙洞前有他写的《北山吟》："倚空壁立不知秋，碧水岚烟翠欲流。飞鸟直登巅上望，白云玄鹤两悠悠。"在白云和玄鹤之间，张烜吟唱着他的诗篇。在悠悠的时光之中，他被宜州人记住了。另外一首《天柱吟》被刻在北山的雪花洞洞口，我曾经多次摩挲过。"直上层霄上，真为第一山。古今青未了，钟秀在人间。"俊朗的字体，美妙的诗篇。我在查阅《河池县志》时得知，张烜是河池县人，寄居庆远。他所历宦途四十余年，才华政绩，倾动一时，最后的归宿在宜州，为州人传颂。他的河池县老乡韦启良多少跟他有点相似之处。启良先生曾外出求学，短期在外省工作，最后回到宜州，宜州是他的归宿。启良先生的化育之功同样为州人传颂。

复旦大学陈允吉教授给我的老师梁佛根写信，说到他坐火车经过金城江时，看到窗外的山水，"感觉此地山水十分灵异"。话虽然不多，却点破金城江的特点。韦启良老师写过好几篇关于金城江的文章，无不饱含着赤子的深情。他回忆巴金和金城江的渊源，回忆丰子恺、叶圣陶路过老河池的情景，他以金城江为自豪，为骄傲。他在一篇文章中写道：

"金城江对于我，毕竟是乡关所系，因此，无论什么时候，在什么地方，只要提到它或想到它，就不能不怦然心动。"这是一个赤子对故土深切的爱。也许我潜意识中对金城江的敬畏之情正是缘于韦启良老师的"怦然心动"。是怎样的情感、怎样的记忆让他如此怦然心动？一个人和他的故土的关系，到底是怎样的关系？探究下去，恐怕是一门复杂的学问。我们只有深爱我们的家乡，才会细心地去呵护它，才会用心梳理它的羽毛。才会无比珍惜它的一草一木，一山一岭，一溪一壑。就像鸟儿含着一根根的草建设自己的巢一样。每一根草，都带有鸟儿的温度。它用口中的唾液将巢粘连成一个整体。我们要用我们的心，我们的情作为家乡的黏合剂，让许许多多事物，关于家乡的事物，过去的，现在的，有形的，无形的，亮丽的，黯淡的，坚硬的，柔软的，都聚集在一起，像一个温暖而坚固的鸟巢一样。那么，这个温暖而坚固的巢，就是我们永不败落的故乡。

一生中总要走近一口清泉

我见过许多泉水,其中不乏名泉,然而,让我久久思念的泉水并不多。东兰县长江乡的兰阳泉就是一口让我思念的清泉。这十多年来,我前后三次走近兰阳泉,每一次,都受到很深的触动。

最早那次是与一位生物学教授到东兰县寻访古树名木,来到了兰阳村。兰阳村原来是兰阳乡政府所在地,后来兰阳乡并入长江乡,兰阳村就成为长江乡的一个行政村。到了兰阳村才知道,东兰州州治曾经有过设在兰阳村的岁月,时间是元代和明初,到了明成化十一年(1475年),州治才迁移到武篆镇的旧州屯。迁到东院哨(即现在的东兰县城所在地)是明嘉靖十四年(1535年)的事了。

兰阳圩旁边流过一条溪水,有些房子建在溪水上,房子以水泥柱子支撑,水依然在下面流。延伸出村外的那部分溪水还保留着原来的模样。溪边有一排老树，这是生物学教授要重点考察的树，叫笔管榕。老树长得不高，树干歪歪扭扭的，很有特色。这些树足以见证兰阳的历史。后来我们无意中走进兰阳村的深处，穿过一条巷子，一股清凉的气息扑面而来，紧接着我们就看到了一汪清冽的泉水。它就是兰阳泉。之前没有任何人介绍过，完全是奇遇。这样的相遇美妙无比。泉水已经用条石砌成方形的水池，水从底部冒出来。泉上有两棵老树，一棵是樟树，另一棵是榕树。树下有两座小小的神庙。我感觉到这口泉水大有来头，并且因为神庙的原因，平添了几许神秘感。再往上有一个新建的亭子，有一块碑刻。

这是我第一次见到兰阳泉。因为泉水出奇的清澈，所以印象非常深，这种清澈不是普通意义的清澈，而是清澈到极致，是我在其他地方从未见到过的。我忍不住捧起一捧泉水，让泉水亲吻一下我的额头，这仿佛一次洗礼，清凉感沁人心脾。时值盛夏，我盘桓泉边良久，竟生不啻凉秋之感。一见倾心，竟然有点依依不舍。我记得那一次，一位热心的兰阳老人带我们去看东兰土州仅存的遗迹——一堵旧墙。土司衙门为什么要迁走？志书上没有记载。州治设在兰阳，跨越了元朝和明朝两个朝代，可见兰阳这个地方，有着深厚的历史积淀，曾经参与过东兰的历史。这口古老的兰阳泉也一定见证了东兰的社会衍变，见证了土地上的疾患、灾祸、战争与和平，以及数不尽的往事。热心的老人还带我走到村头一面崖壁之下，指给我看石壁上一幅惊涛骇浪般的天然图案。他一定是觉得神奇才带我来看的。其实每一个地方都有一些神奇的自然迹象，仿佛神的密码，永远无法解读。他似乎还告诉过我一些什么故事，可惜我现在已经想不起来了。我的记忆无法保持如同兰阳泉水那样的清晰，而是经常会模糊，混沌一片，一些听过的故事的蛛丝马迹无法打捞。意识深处常常好像什么都贮藏有，又好像什么都没有。某些东西瞬间变得清晰，而又转瞬即逝，似风吹来，又吹去，怎么也想不起。

我第二次是什么因缘探访兰阳泉已经忘记了。只记得我在泉边也待了很久，仍然为那口泉水着迷。几个小孩子在泉边玩水，平静的泉面泛起波澜，一圈一圈的，映照树顶洒落的阳光，泛着金色的光芒，非常的美丽。我拍了一张照片发在博客上，时常翻阅，对兰阳泉清纯如同赤子的气质反复品味。兰阳泉的确唤醒了我对事物本真状态的理解。事物的本真状态，对，或者是人类的本真状态，需要我们不断地回归，回到初心，回到最初的出发点。只有出发点保持纯正，我们才不会走偏。要是每一个人的童年都曾经有一口清清的泉水相随，那该有多好。这样他长大了，泉水会或多或少影响他对世界的看法。我小时生活在泉水四涌的山村，对泉水有特别的情感。泉眼无声惜细流，我很小就体验过。我时常安静地坐在泉水边，静静地望着泉水，望着那些被泉水拂过的青青的水草。我曾经写过一首诗，题目是《每天，都给你挑一担清清的泉水》，原来，我的意识深处一直贮存对泉水的念想。或许清泉代表源源不断的更新。是事物的最初状态，是江河起步的地方。大江大河，最初也来自涓涓细流。而这最初的，必然是最纯粹的。也许，生命需要不断溯源，才能避免迅速老化。老子在《道德经》中说："能婴儿乎？"原来，我回到泉水边，就是回到童年，回到那些透明的时光，回到口渴了大口大口啜饮而不担心水质有任何问题的年代。泉水的特点是永远在往外冒，舀走一桶，它又迅速补足。这一状态，被人们用来喻指经典。什么是经典？经典最重要的特点是"源源不绝"，一如泉水不断冒出来一样。陆游读李杜文章时有诗云："明窗数编在，长与物华新。"能够与日月齐新，才是真正的文学经典。

第三次走近兰阳泉就是最近的事，因为参与东兰采风活动，我无意之中又进入兰阳泉的领地。那天坐在中巴车上，我迷迷糊糊地睡着了。因为事先没有看过采风方案，所以也不知道车子会把我带到哪里。等我一觉醒来就看到了两棵古树，树上挂着很多果。这果不是挂在枝上，而是从树皮冒出来，一簇一簇的。此情此景使我感到好生熟悉，然后我马上意识到，我又到兰阳了！笔管榕上这些小小的青果，我第一次来时就留意到了。不同的是，这一次，树下集合了一群人。他们准备表演壮族椿榔舞。表演者有男有女，每人手执一根木棒。地上摆着一块垫板。几面铜鼓早就悬挂好。表演开始时，铜鼓被当当敲响，表演者先是击板，然后击棒，两物相碰后发出清脆的声响，有两人对打、三人互打、众人交打等打法。节奏感很强，场面热烈。这种质朴的舞蹈很难有机会见到了。据说过去族群打了胜仗之后，就会情不自禁聚在一起跳椿榔舞，以示庆祝，用清越欢快的节奏表示内心的喜悦之情。另外的说法是敌人来侵时村里聚众的信号，听到这种声响，人们就会拿起木棒冲到集合地，齐心协力保卫家园。之前我没有想到木头的敲击会产生这样的效果，能够如此的热烈。表演结束后，我仔细地研究了那几面铜鼓，都说是兰阳的老铜鼓了。兰阳很可能是东兰铜鼓最多的地方，我曾经在县城访问过一个收藏有十多面铜鼓的老人，他叫韦万义，我跟他有过两次交谈，他向我展示了他收藏的铜鼓，向我讲述了铜鼓的故事。他那里有一面红铜鼓。其收藏缘由跟兰阳密切相关。我从他那里得知，1958年大炼钢铁的时期，兰阳在一天内砸烂了200面铜鼓，整整装满七辆大卡车。可想而知，兰阳一带的村落原来收藏有大量铜鼓。每个村庄都有铜鼓。没有铜鼓的村庄被称为"冷乡冷土冷族"。也就是说，有了铜鼓，一切都会热起来，铜鼓敲击的声音会让整个村庄，整片土地，整个族群瞬间热起来。所以，铜鼓成了维系乡土，维系村庄，维系族群的一个重要的器物。铜鼓除了声音清越，它的另一个特点就是有着丰富的图案，造型大致相同，图案不同。鼓面、鼓身均有图案。除了太阳纹十二芒，还有翔鹭、武士、羽人、十二生肖等浮雕。最常见的还有青蛙。有些大青蛙上还背着小青蛙。这些是大家留意到的图案。被人忽略的是铜鼓里面的图案，马匹，也有人物，线条简洁流畅，活泼通俗，与铜鼓面厚重的浮雕图案风格不太一致。如此说来，铜鼓既有庄重的一面，也有欢快、调皮、生动灵活的一面。

可想而知，以前这里简直是遍地铜鼓。遇到重要的节日，鼓声、河水声相互激荡。附近有一些名字跟铜鼓有关的地方，据说是当年铸造铜鼓的地方。大量的铜鼓从贵州沿红水河运到东兰。也有一些是请外省的工匠到本地铸造。造好之后，还需要等待专门的铜鼓调音师前来定音。经过这个环节，铜鼓才算制作完成。铜鼓所受到的尊崇寓示着它在壮族人生存和生活中有重要意义。声音里面的流泉声如此的清越、干净，生活又岂能少了金石之声？这是精神世界的必须。

看完铜鼓，我很自然地走向兰阳泉。听说那边的唱山歌活动已经开始了。不知怎的，我心里竟然有点担心，我担心它会变样，变混浊了，就像我见过的很多泉水一样。这个世界不知发生了什么事情，很多东西说变就变，我们猝不及防。且不说爱情就像水豆腐，留不上几天就臭馊。米买回来几天就生虫。户外刷墙漆晒几天就褪色。这一切急速的变化一定源于我们心灵发生了什么变故。我们是谁？我们变成了什么模样？我们连自己也不认识了。变化之大，让我无法适应，也无法想象。因此，我担心兰阳的泉水也像诸多事物一样，早已不是旧模样。当我这次走近它的时候，一大群采风者围绕着泉水或站或坐，一股久违的清凛之气向我袭来，我顿时被柔软的触感抓住了，它没有变！泉水横亘在一条干净的小水坝上，倚栏杆站着两男两女，他们身着干净的青色服装，在对山歌。声音并不十分洪亮，加上是壮歌，我听不懂他们唱什么。我的注意力更多的放在泉水上面，它的清澈直透我的肺腑。这就是我第一次见到兰阳泉的感觉，时隔许多年，它依然如此清奇！没有沾染世俗的污浊和势利。不论这个世界怎样改变，它故我依然，这使我在内心感叹不已。记得有一次北京的音乐家朋友到东兰采风，询问我东兰最值得看的地方，我提供的地点里就有兰阳泉。我没有机会去看，却希望我的朋友去看。我说，一定要到兰阳泉看看，洗涤内心的尘埃。后来我作了一首歌词《东兰谣》，开门见山就是："江平的妹子兰阳的泉，红水河弯弯唱千年，益寿桥上走过你和我，清波九曲照见容颜。"这首歌后来也谱成曲了，很遗憾没有唱响，鲜为人知，但是，兰阳的泉，却一直在我心中唱响着，从未稍歇。兰阳泉是古老的泉，益寿桥呢？益寿桥是明代东兰土司韦应龙为母亲金氏祝寿而募款修建的石拱桥，是广西现存最古老、最完好的石拱桥。数百年风雨沧桑，日照月沐，至今仍然横亘在穿越东兰县城的九曲河的清波之上。其实，我也希望九曲河永远清波荡漾，希望能够照见你和我的容颜。兰阳泉清澈见底，并不深，大约也就一米多一点，可以见到水底的游鱼和石头，吸引人的东西未必一定是深邃不见底，清浅也是一种美，尤其是这种清浅又源源不绝的泉水。林和靖有诗云："疏影横斜水清浅,暗香浮动月黄昏。"梅花的美,与清浅的水,相得益彰,简直是标配。奔走在尘世间,难免会沾惹许多尘埃,欲望也会悄悄蒙上心中那面镜子,走近兰阳泉,可以在一定程度上找回部分的自己。这使我想起南丹的白裤瑶。每次进入白裤瑶居住区我都隐隐感动,因为他们的服装没有随着时代的发展而发展,男子的白裤,女子的背印和百褶裙,像古老的音符一样跳荡在阳光照耀的山岗上,也跳荡在热闹的圩市中。外面的世界可是时不我待、日新月异呵!白裤瑶的不变,让我感受到坚守的力量、本色的震撼。兰阳的泉水也一样。它告诉我们,世界是可以保持最初的模样的,不必要反复涂改。心灵也可以这样。

兰阳泉除了清洌的泉水,还有泉上的古树、小庙、碑石、凉亭、旁边聚居的人家,戏水小孩的身影时有出没,屋前檐下坐着一些面容宁静的老人,这一切景物让人感到很亲切、很日常。它不是在深山幽谷中,不是在高高的山巅上,它藏身于炊烟袅袅的村圩里,四面都是普通的人家,它和光同尘,并不刻意回避人间烟火,但是它却保持着如此的清澈,没有沾染尘俗气,果真如释家所言:"行世间事,无世间意。"这是非常高的境界了。泉壁上挂着一块"广西歌圩"的牌子,显示了兰阳泉在当地歌坛的地位。历史以来,这里都是青年男女唱山歌,表达爱情的地方。永不枯竭的泉流是人们对爱情的一种期待。可想而知,有月亮的晚上,除了泉水在汩汩地流淌,还有悠扬的山歌在泉边响起。泉水是生命的必需品,是滋养我们生命的重要物质,而山歌滋养的是我们的心灵,所以,歌圩,也可以说是另外的一口清泉。如果说铜鼓声是奔腾的激流,那么,壮族山歌就是缓缓流淌的山溪。这些东西都是跟水有关的事物。

东兰大量的传世铜鼓似乎都出现在红水河两岸。是不是铜鼓也需要水的滋养？山歌没有水的滋养，也是不行的。南方的歌圩很多都在水边。我听韦万义老人讲述过一个民间故事，兰阳有一面铜鼓曾经在夜晚潜入红水河勇斗恶龙，人们发现这个秘密是因为第二天看见铜鼓上面挂有河里的水草，还滴着水。于是，住在河边的人们回忆起前一天半夜里那一阵阵时远时近的厮杀声、击浪声和呐喊声。

在我所经过的一些地方，一些村庄，他们老祖宗原来饮用的泉水已经变得混浊不堪，甚至泉水中被丢满了生活垃圾。已经没有人有心思去维护那口老祖宗留下来的泉水了。但是兰阳泉不同，兰阳泉始终如一。泉上小小的神庙暗示了人们对这口泉水的敬畏，对古树的敬畏。因为有了敬畏，才有对泉水的呵护。我曾经拍摄过一张乡村法师捧着古旧的经卷诵读的照片，泛黄的经卷已经残破。我给这幅图写了一句话："要是没有这本残破的经卷，我们无法保证村庄泉水的清澈。"因为我知道这部经卷是劝人向善的，劝人不要乱砍伐树木，不要伤害虫蚁，不要污染河流，以及不要打三春之鸟，因为子在巢中盼母归。这部经卷试图唤醒我们对自然万物的敬畏。失去了敬畏，我们就会胡作非为，就会被欲望蒙住两眼，内心就会沾惹尘埃，尘埃厚了，会影响到我们与外部世界的交流，我们就会收到不准确的信息。有些地方土地荒芜，泉池废弃，河塘干枯，这是今天我们面临的现实。我们应该看到，我们的乡村正在发生一场深刻的变革。但是，兰阳泉却向我们展示了它不变的情怀。兰阳人对泉水的爱护让我非常感动。热爱铜鼓的人爱这口清泉，热爱唱山歌的人爱这口清泉，热爱跳奔放的椿榔舞的人也爱这口清泉。

许多古朴宁静的事物正在乡村急剧消失，或者被掩盖、打碎，被粗暴地替换，似乎写满童年记忆的地方都被修改。原来老少怡然、鸡犬相闻、炊烟袅袅的牧歌田园似乎离我们越来越远。我们的村庄盖满楼房，但是形同废墟。因为其中缺乏让心灵柔软的事物。但兰阳村不同，它有兰阳泉。有了兰阳泉，兰阳村便有了灵魂。兰阳泉是一个典范。它释放着罕见的静谧清净的力量。

东兰，它总有着不俗的东西。在人们需要革命的时代，它提供了质地纯正的革命，提供了一个可以千百年颂扬的革命范本。火红的激情，高贵的理想。在当今许多传统乡村败落，环境恶化，人们不懂顶礼大自然恩赐的时候，兰阳泉成为我们爱护环境、敬畏自然的范本。在我们的目光因为种种慌乱和各色欲望日渐混浊的时候，兰阳泉，用一双明亮的眸子，无比清澈地、无比深情地，注视着我们。

转化的力量

大化县的岩滩镇,有两件事物名声在外。一件是大化彩玉石,出自红水河岩滩河段,另一件是岩滩水电站。大化彩玉石已经是闻名世界的石种,它天生丽质,漂亮得有如五色斑斓的云朵,传说女娲娘娘补天时多炼了一些五色石,因为用不上,寄存在这里,后来忙于别的事务给忘记了。石之形状、质地、色彩、纹路,各具特色,而这些元素又奇妙地融为一体,使它在世界奇石界占有重要地位。我曾在台湾花莲县的奇石馆看到大化彩玉石的身影,当地盛产玫瑰石,但玫瑰石的色彩需要打磨才能显示出美来,而大化石的色彩之美全天然呈现。

大化岩滩水电站是久负盛名的工程。红水河有十个梯级水电站,岩滩水电站处于第五级。红水河的水电站,以滩命名的就有四座:分别是岩滩、龙滩、百龙滩、乐滩。可见红水河河滩之多。选择在这些滩建水电站一定有其道理。壮族民歌是这样唱的:"红水河有三十三道弯,三十三道弯有三十三个滩……滩滩建起水电站,明亮的电灯灿烂照两岸。"

还有一首刘三姐的山歌:"山歌好比春江水,不怕滩险弯又多。"

山歌里的滩,是险滩。王安石在《游褒禅山记》中提到,世上那些瑰丽的风景都在险远处,"故非有志者不能至也"。许多人看不到奇伟瑰丽的景观,是因为没有勇气抵达险远处。王安石又说,光有意志力,没有一些外物来帮助你,也不行。比方说进山洞,你有意志力,但是你没有灯火的照明也是不行的,前方很可能是巨蟒盘身,又可能是万丈深渊。我们的岩滩,显然是红水河上的一处滩险。因为滩险水急,它才蕴含着巨大的能量。截断红水河,修筑大坝,建造厂房,安装机组发电,用科学的方法,才能够缚住这条苍龙,让苍龙俯首,甘心为人类效劳,让它的那些险峻转化为我们需要的能量。如草原上的骏马,驯服它需要草原上最矫健的"雄鹰"。岩滩的奇险不仅产生了水电,同时还产生了另一件神奇的事物,那就是大化彩玉石。如梦似幻,沉睡在河床上,成为稀有的风景。王安石道出了一个奥秘,既是自然界的奥秘,也是人生的奥秘。山歌好比春江水,不怕滩险弯又多。我想,唱山歌的人,一定蹚过了很多人生的险滩,经历了曲曲折折的人生的河湾,才会唱出这么动人的山歌。

滩声水起,潮起潮落,他一定不陌生。

最美的山歌,是人生险滩的风景。其实最美的文学,何尝不是如此?人在安逸的环境中,创造不出惊世骇俗的作品。

水电站,是人类在江河上创造的作品。它找到大自然原始、野性的力量，用智慧、理性、科学的方法来改造、转化和开发，使这份原始、野性的力量，成为人类的光明和热量。

城市有五彩缤纷的灯光，我们知道，靠的是电。一旦停电，多么灿烂的城市夜景也会瞬间黯然失色。只有天空的皓月照亮的景致才是永恒的风景。电从哪里来？从水电站。当然，水力发电仅仅是获得电力的一种途径。还有风力、火力、日光等等。广西是水力大省，一提到发电，我们首先想到水电站，想到气势磅礴的红水河——中国南方极具野性的河流。"水"的确是天地宇宙间最神奇的事物之一，它不仅滋养万物，让万物花开，而且，它的流动、落差这些纯粹的物理现象本身，也蕴含着巨大的能量。"抽刀断水水更流，举杯消愁愁更愁。"流水是斩不断的。它前念未断后念接续，绵绵密密，具有不可思议的力量。当初截断红水河建岩滩电站大坝，这个"截断"也是暂时的，因为建了大坝之后，还是需要水的流动。只不过，这是更有价值的"流动"，蓄集的水激烈地流动，产生巨大的动能。能够让转子像骏马一样奔驰，发出雷鸣般的声响，继而产生电流。神秘的电流通过金属传导，可以瞬间到达很遥远的地方，化为光能、热能，创造光明，创造无比玄妙的新境界。

转化是非常重要的一个环节。

自然里面的很多事物，其实都蕴含着很多可能性，关键是我们要找到转化的方法。点石成金，不是没有可能。点铁成金，也不是没有可能。但是一切转化要以不危害人类作为原则。传说八仙中的吕洞宾拜师学习的时候，他的师父给他一道选择题："第一，我传授给你成仙得道的方法。第二，我教给你点石成金的技术。你选哪样？"吕洞宾问："请问师父，石头被点成黄金之后还会变成石头吗？"师父说："五百年之后。"吕洞宾听后，摆摆手，说："那我不学这个点石成金。它会使五百年之后的人类受害。"师父"嘭"的一声拍案而起，吕洞宾吓得大惊失色，以为自己说错了话，冒犯了师父的权威。正当他手足无措，准备接受训斥之时，师父却说出这样一句话："光凭这句话，你就已经取得成仙得道的资格！"吕洞宾获得师父的赞赏，是因为他考虑到五百年之后的人类，不希望因自己的所作所为，让五百年之后的人类受害。那些经过自己的劳动，好不容易获得黄金的人五百年后旦夕之间财产变成石头，他该有多么失望，并且可能会家破人亡。这样的事，是吕洞宾不愿意看到的，所以，他不学这个急功近利的"点石成金术"。原来，传说里的仙道缥缈，不全是虚无荒诞，它的内核仍然遵循崇高的人类道德法则。八仙过海，各显神通。没有一样神通是害人的。八仙的故事在中国民间广为流传，正是因为它具有导人为善、建立美好人间的正能量！我们现在的社会急剧发展，欲望膨胀，不知有多少人做事会为以后的人类着想，别说五百年，就是未来的一两年，他都不负责，只求眼下利益最大化，或者，蒙混过关！

岩滩水电站，把水的力量转化为光明，造福于人类，是值得我们赞叹的。岩滩河段的彩玉石也是由看似普通的石头"转化"而成的。当初建电站时，那些弃置在河边的石头不被人们重视。偶然间被外面来的人发现了它独特之处，拿到别的地方去卖得了好价钱。于是岩滩的石头便开始闻名于世。人们建水电站的时候并没有意识到这段河流竟然蕴藏着金光灿灿的彩玉石，它们是另外一笔巨额的财富。这条河流，它各个层面都是宝。从岸上的木棉花到河滩的石头，再到河里的波涛、游鱼，都具有良好的开发价值。因为彩玉石巨大的观赏价值，红水河边的岩滩镇曾经一度沸腾，商贾云集，为石头而来。岩滩水电站大坝警戒线以下十多里路挤满采石船，形成红水河一道千年罕见的景观。潜水者们潜下河底，就是为了托出一块块惊世骇俗的大化彩玉石。石头状似烛龙、盘古、神龟，神话世界里可能存在的事物，纷纷在这里呈现。这真是一个大自然恩宠的地方。幽深的水里，居然潜藏有让人们如此心花怒放的东西——大家都知道这样的石头能够转化为财富。

这样的石头的产生跟岩滩湍急的水流有关。遥远年代地壳运动造成的多种石质杂糅现象也是重要条件。可以想象，岩浆涌动，山崩地裂，雷鸣电闪，飞花溅玉，一道道远古的风景曾经发生过。躺在河床的石头，再经千万年泥沙和含有多种矿物质的河水猛烈冲刷，浸染，终于诞生了神奇的大化彩玉石！百灵美，美在嘴；老虎美，美在背！大化彩玉石最具代表性的色彩是虎背的斑斓，美得让人迷醉。此外，纹路如清新的草花，似能唤来莺歌燕舞。又如古画幽深，直让士子佳人低眉流连。一切自然的万象都能够在一块巨大的岩滩彩玉石上呈现无遗，简直是色彩的王国！并且，包浆、水洗度无可挑剔。时间与流水，日辉与月华，共同打造了一件件稀世的作品。这些作品包含远古的密码，像一个梦沉睡在河底泥沙之中，沉睡在河滩上，不知沉睡了多久，终于在轰隆隆的机械声中，在力拔山兮气盖世的大截流中苏醒过来。被唤醒的不仅仅是产生光和热的自然的伟力，还有满满的一个河床的古老而瑰丽的梦想，大地的诗意和激情。这个梦想被采石的人托出水面，让全世界为之惊讶和赞叹。光从美学的价值来说，我认为大化彩玉石具有巨大的审美价值，填补了人们内心的苍白，丰富了人们精神的享受，给我们的生活注入了新的色彩和期待。它的贡献，不亚于水电给人类带来光明。

  我本人也是大化彩玉石的爱好者，由于经济原因，只能收藏一些小件的。但是我也常常有幸欣赏到大块的彩玉石。有一次我应邀参加"寻梦岩滩·品味大唐"文学采风活动，得以在那个岩滩之夜，与作家田耳一同深入红水河边一家石头店，仔细欣赏店家的藏品。我们看到一块店主取名为"金玉满堂"的四方形大石头。田耳不喜欢这个名字，觉得太俗。他给取了一个名字：一半是火焰，一半是海水。典出王朔的某部小说题目。那块石头正好下半部是蓝色的海水，上半部是金黄的烈火，如太极阴阳之分明。兴致一来，田耳还跟新命名的石头合影留念。给事物准确命名是作家的特长，也是职责。其实我认为大化彩玉石的形成恐怕也得益于"一半是火焰，一半是海水"。这两种力量遇合、啮咬产生了大化彩玉石丰富的色彩和内涵。远古的那些岩浆，地底的烈火，迸出，遇到了水，霎时冷却，经过流水千万年的淘洗，河滩上日光的暴晒，月光的抚慰，完成了"一半是火焰，一半是海水"的历程。海水到火焰，火焰到海水。日销月蚀，煎煎熬熬，最后才炼成了光彩夺目的大化彩玉石。我认为田耳的命名非常准确。因为它不仅契合那块石头，而且还道出了大化彩玉石的某种奥秘。

  在我生活的空间里，我经常用手去抚摸那些大化彩玉石。前面已经说过，我略有收藏，不过都是小件。朋友们每每投来不屑的目光，我都耐心做好"以小见大""窥一斑而知全豹"的解释，尽管收效甚微。每当深夜，我独自抚摸这些沉睡的岩浆，辨认上面的印痕与纹路，默默地跟它们对话。有时也会拍打一下它们，似乎在提醒一个沉默的朋友，别老是浑浑噩噩、冥顽不化！其实，何尝又不是在提醒自己。色彩深沉的大化彩玉石让我如此迷醉，欲罢不能。这些石头，这些石头上神秘的图案和线条，可以引起很多想象。在想象中获得某种隐秘的满足。这种隐秘的满足，一定程度上已经转化为我的某种美学追求。我暗暗地追寻着文字里的一种特质，瑰丽深沉而富有质感，可能就跟大化彩玉石有关。不敢说自己能够道法自然，但大化彩玉石那份惊世骇俗、那份圆融、那份耐人寻味，却是我非常神往的。因为大化彩玉石，我对岩滩充满向往，这里是彩玉石的故乡。

经过好几年的开采，现在岩滩河段的大化彩玉石资源已经枯竭。沸腾的河水终于又一次安静了。红水河自从建了水电站之后，也变清了。一级一级的电站大坝的拦截，慢慢使这条野性的红褐色河流变清澈了。桀骜不驯的江河变得柔和，当然，柔和不等于没有力量，有可能是这种力量更含蓄了。因建大坝而产生的库区碧波万顷，高峡出平湖，数万亩的耕地被淹没在水里，数以万计的人们走向新岸，重新选择生存的方式。不知道他们告别故土之后难以平复的心情转化得怎么样了？他们需要转化。转化，总是在创造新的可能。

岩滩采石的石友们，一开始，是为了让石头转化为财富，为了让生活过得好一些。他们比较看重作为商品的石头。渐渐地，在与外界的交流中，在与石头的朝夕相处中，他们感受到了石头的美和石头的珍贵，慢慢地，从文化，甚至是从哲学的层面对石头进行理解和思索，他们的人生境界也获得提升。这样的人生比单一地追求物质财富的人生丰富多了。采集和买卖石头的当地人的观念已经发生转化。不再觉得所有的石头都应该换成财富，而是认为，岩滩是彩玉石的故乡，有些杰出的藏品应该留在故乡，如果建一座大化彩玉石博物馆，那么，他们的藏品就可以作为文化留存下来,让以后来到岩滩寻找彩玉石传说的人们还能够看到他们梦中的情景,让大化岩滩的人更加热爱自己的故乡。我想,这样的转化,也是十分让人欣慰的。

我在棉花天坑想到了什么

几个月前，我的朋友，著名新生态歌者宁可在她的微信朋友圈发了一条视频，惊讶于她的家乡邵东县发现了"磐石岩天坑"，她被自己所不知道的家乡奇观震撼了。我点开视频观看，天地间一股磅礴的气势扑面而来：天坑四周峭壁高悬，坑谷深邃，顶部有天然观景台，坑底有天然岩洞，因为人迹罕至，所以元气淋漓。大自然的奇观蕴藏的威力从来如此。

宁可说，尽管天坑亿万年前就像一只大鸟栖身在她家乡的丛林中，从来就没有离开过，也没有飞远过，但是她并不知道有这么一个存在，她甚至从来没有听说过。可见，我们对自己的家乡的认识还是有限的。我们的家乡很可能隐藏着许许多多我们并不知晓事物，比如惊心动魄的风景，又比如惊心动魄的历史往事。我们看到的都是有限的，很多东西我们是看不到的。有时候我们自以为踏遍千山万水，阅尽世间沧桑，实际上呢？我们举手投足之间错过的风景数不胜数，每一个地方，深入探测下去，都可能是堂奥迭出。在我们最容易忽略的地方，隐藏着不为人知的境界，我们见到的都是局部的、有限的。事实上，我们永远走不尽千山万水，看不尽奇峰纷呈，即使是我们熟悉的草木山川，我们对它们又能够认识多少呢？我们童年的记忆装不完我们的山川。还有一种情况，童年时候感到恐惧，甚至不敢直面的东西，比如深坑、深渊，到了后来，有可能成为我们惊叹的事物，我们将重新认识它的价值。随着观念的改变，我们对事物的认识也会发生改变。

歌者宁可转发磐石岩天坑视频的时候，我就想到了我家乡罗城四把镇的棉花天坑。我同样也为自己所不知道的家乡奇观感到震惊。

这里说的棉花不是指植物棉花，而是我很小的时候就听说过的一个地名，在我的印象中，它是个偏僻的峒场，是贫穷、落后的代名词，物质上很匮乏的一个地方。谁出生在那样一个地方都是会得到同情的。所以这个名字在家乡的版图中几乎无声无息地存在着，处在被遗忘的边缘，当"棉花"这个名字再一次跃入我的视野的时候，它已经被赋予了一个全新的概念，成为一个带有令人惊讶、惊喜、惊耸特质的旅游胜地。一晃眼，这个本是贫困荒僻的代名词的地方，霎时变得丰盈美丽！那一朵山中硕大的棉花轻轻腾起，像美丽的云朵，吸引了世人的目光！

随着棉花天坑这个喀斯特地貌神奇景观的被发现和被开发，棉花这个地名不再是记忆中的贫穷、落后、孤独、被遗忘、被同情的峒场，而是一道傲然亮丽的风景线，一个令人神驰的带有惊险刺激探秘寻奥性质的奇观，成为我心中越来越渴望亲近的地方。并且，我能从各种图片和口碑中得知它的日新月异的面貌，看到巨大天坑千丈峭壁之上的悬崖酒店，我能深切地觉察到，我已经被一种力量深深吸引。过去那样的险绝之境只有猿猱才能攀援，而现在，它已经成为每个人都可能接近的景观！

歌者宁可对大自然充满好奇，她天性属于山野，芬芳的草木、万物之籁是她的语言，她因此也自称山女。她一开嗓，如淙淙流水，如飞鹤叫云，非常有穿透力，她的歌声既有大自然的清澈灵动，又有抑制不住的生命的欢喜。有人说她的歌是泥土和白云的结合。一方面具有白云的纯粹、飘逸和高远，另一方面又具有大地的生机勃勃，露珠的晶莹，草木的芳馨。这一评价非常准确，我一直都很喜欢听她的歌，在她的歌声里感受到很多风景，白云飞渡，万木生长，鲜花盛开。她歌声里面的世界，让我如此迷醉。当我告诉宁可，我家乡的棉花天坑我也只是耳闻，看过图片，还没有机会去实地观赏，让我想不到的是，宁可告诉我，她到过棉花天坑。

我知道棉花天坑有一个洞天剧场，因此我估计，宁可一定是应邀到那里参加演出活动，并且在那里高歌一曲。我能想象她的声音在天坑四周的悬崖峭壁间回荡，唤醒了千年的苔藓和寂寞的岁月时光。

我还是忍不住好奇地问这个异乡人，是怎样的因缘让她到过我的家乡，去游览棉花天坑。她告诉我，她一家人从南宁开车回湖南老家，路过了罗城地界。看到路边棉花天坑的广告牌子，然后就心生好奇，带她的爸妈弟妹一家人按图索骥找到棉花天坑。宁可找到了棉花天坑，完全是她天生对异样事物保持敏锐触觉和好奇的天性发挥了作用。她在回家路上，不慌不忙，悠然寻找心仪景观的做派，跟许多匆忙赶路者对路边的风景不闻不问多么不一样！这种自在潇洒的心态也决定了她对艺术的追求。听从内心的声音，探索不一样的境界。

宁可说当时的棉花天坑还在建设中，悬崖酒店、长生洞景区，都还在建设中，那个天坑剧场刚刚建好，她还站在那个舞台上，喊了几嗓子，并没有在那里唱歌。她告诉我，天坑上下都有建筑，非常美，她走上玻璃栈道感受了惊险刺激。

不光是歌者宁可，其他到过棉花天坑的朋友都会给我打电话，表达他们内心的震撼和惊喜。于是，我想寻找一个机缘到棉花天坑去看一看的愿望变得越发强烈了。后来在南宁接触到开发棉花天坑的老总吴泰昌，我感到我距离棉花天坑更近了。

每次在老乡的饭局上见到吴泰昌，他都对我发出热情的邀约。而且，我发现，他到哪，他的言语里都带着他的棉花天坑，带着他的悬崖酒店，带着他对仫佬山乡的热爱，对景区的那种由衷的自信。有一次，为了一个中医药材基地落户棉花天坑景区的项目，他还带来了满山遍野草本药材的芬芳。

有一年元旦有三天假期，几个要好的文友终于下定决心排除一切繁杂的事务或应酬，相约前往棉花天坑走走，去感受山野的风，去探索天坑世界的究竟，去体验悬崖旅馆的神妙。

元旦那天，我们一行数人驱车300多公里来到我家乡罗城县四把镇的棉花天坑。尽管之前已经在媒体上、图片上以及朋友的讲述中对棉花天坑有了初步的了解，并且根据自己的想象在内心勾画了天坑的图卷，但当浩大宏敞、峭壁高悬、幽邃深谧的棉花天坑横陈于我眼前之时，我仍然把持不住内心的雀跃。我想起《红楼梦》里面的一句话"当日地陷东南"，想象惊心动魄的地陷发生之时这里天崩地裂、山摇地动、电闪雷鸣、虎号猿啼的情景。《淮南子·天文训》有这样的记录："昔者共工与颛顼争为帝，怒而触不周之山，天柱折，地维绝，天倾西北，故日月星辰移焉；地不满东南，故水潦尘埃归焉。"这里说的"地不满东南"即是"地陷东南"。在我的想象里，棉花天坑最初的形成可能也是跟神话世界里的一场殊死争战和雷霆怒火有关。是不是与这场导致"天柱折，地维绝"的"不周山之战"有关呢？年代久远，无法查考。况且神话世界本来就迷茫缥缈，寄宿在人类的想象和意念的悬崖之上。

到了棉花天坑，我们在悬崖酒店下榻安定。满以为稍事休息之后吴总就会带领我们到天坑探秘，去阅读他已经做足的自下而上，全面立体开发的"悬崖文章"，没想到吴总说，先去游览长生洞吧。那是他在天坑附近开发的另一处景区。

长生洞门口立着一只铜铸的凤凰。凤凰是仫佬族的图腾，显然，这个洞的开发是希望与仫佬族文化相结合，试图从仫佬族神话中寻到灵感。

走进长生洞，迎面而来的是一座巨大的钟乳柱，我游览过很多岩洞，老实说，这么大的钟乳柱我还是首次见到。像一座巨大的石钟，更像一座宝山。洞顶有水滴沥，历经亿万斯年，才凝成这么一座宝山。仔细观察，这座滴水成就的宝山上呈现万千物象，宝幢珠蔓，琼树缨络，无所不有，只可惜游览时间匆忙了点，若能盘桓终日，细细揣摩，应该会悟到更多的东西。宝山背后有一个隐秘的洞，洞里有浅浅的水，似一条石龙盘踞其中，鳞甲隐现。洞口坐着一只天然形成的石狮。

越到洞的深处，境界越大，一个宽敞的洞厅，可以容纳上万人。一路上钟乳石可谓琳琅满目，如狮如龙，如虎如象，更多的却如叫不出名字的上古时代的奇禽异兽，难以尽述。在经过一片琼楼玉宇般奇妙的石柱林时，我们发现了一支巨笔，命名为仫佬族神笔，颇为切合"三尖仫佬"之"笔头尖"蕴意。走过神笔，吴总引领我们来到一个巨大的石棺前，那石棺像一截千年万年的古木化石，横置在洞里，上面有一道裂痕，吴总说，传说中凤凰就是从这里飞出来涅槃获得重生的。至于凤凰为什么被囚禁在这石棺里，我由于被洞中的美景迷醉，忙于用手机拍照，因此错过了吴总的精彩解说。

出了洞，果然看到对面的岭上有一座小小的山峰，分明就是一只凤凰。

在长生洞和棉花天坑之间，有一个叫深洞的小村子，住户不多。房子按照传统样式建设，色彩也与环境和谐，整洁干净。听说还是个示范村。这个村原来住户就不多，后来又搬走了一部分。随着旅游业的开发，天坑火起来了，带动了地方经济的发展，吴总介绍说，有九户人家重新搬回来建房居住。可见旅游能够让一个地方温暖起来，唤醒人们重新认识这片土地的价值，找回自己的家园，重建家园。这就是旅游产业发挥的重要的作用。

在深洞村吃了一碗豆腐花，咬了一块用小米做的米花饼，清香爽口的山里的美味让我们忘记了一路的困乏。

一行人沿着一条弯弯曲曲的道路走向棉花天坑的底部，道路两旁生长了很多野生植物，野生芭蕉的叶子直可遮天蔽日，老虎芋的叶子也硕大得有点离谱，它们适合潮湿的环境。吴总告诉我们，他到乐业天坑考察之后十分兴奋，下定决心开发棉花天坑。因为乐业天坑的游客只能在上面看，下不去。而棉花天坑，游客既可以在上面欣赏壮美的景象，又可以走下去探秘天坑中的隐微。吴总引领我们感受天坑中的各种隐微后，我们沿着另一条道路向石壁上攀援，慢慢就走上玻璃栈道，进入石壁上的"鸟巢"。行走在越来越高的悬崖峭壁上，着实体验了一番惊险刺激。

又可以在"鸟巢"中小憩，遥想当年有巢氏居住在树上的生活。有巢氏在树上搭窝棚居住是为了躲避猛兽的袭击，是出于生存考虑，而我们，坐在崖壁上的"鸟巢"里却是为了体验异样的惊险和快乐。现代旅游，已经把人迹延伸到古人不可能企及的地方。

杜甫在诗中说："古来无人境，今代横戈矛。"他这两句诗是对战争的描述。那些古来没有人烟的地方突然有了人，热闹起来，是因为爆发了战争。在过去没有人迹的地方，那些戈呀矛呀，纷纷亮相。人们在一起决战、厮杀，旷野一下子变得热闹起来。我想，这样的热闹是杜甫不愿意看到的，也让他惊恐不安、不寒而栗。这些情况在古代的战争中经常会出现。那么，能够让"古来无人境"突然热闹起来的，应该有两样事物：一个是战争，一个是旅游。这是我目前想到的。旅游和战争都能够使荒无人烟的地方突然变得热闹，但是因为战争而引发的"热闹"往往是短暂的、残酷的，而因为旅游产生的热闹，往往是持久的、温馨的。

通过战争而出现的那些热闹，很快就会沉寂，化为烟云往事，成为山野中被埋没的记忆。但是旅游的开发，是文化的开发，它会使一个地方发生真正的改变，说不定会开启一个地方的文化进程。我所钦佩的近代高僧虚云老和尚，当初到江西云居山的时候，那个地方荒无人烟，他盖了一间茅草屋居住了下来，一个月后，一百多人寻迹而来。这些人开荒种地，伐木盖房，不到两年时间，来的人越来越多，云居山就成了一个繁荣的小镇。可见，善念与心力，文化和道德，它们产生的力量是巨大的。它们可以改变一个地方，让一个地方从荒芜走向繁华，并且获得了长久的生机。

这些，是我在棉花天坑所想到的。

尖山独秀

我的家乡广西罗城龙岸镇僻处一隅，但是，有一座神奇的山，名字叫尖山。

看到尖山，你会油然想起桂林的独秀峰。"孤峰寂寞雨烟中，一柱南天气不同"，是罗城诗人刘名涛咏独秀峰的诗句，用来描绘尖山，同样令人叫绝。

古人云：山不在高，有仙则名。水不在深，有龙则灵。龙岸有龙，自不必说，不然何以叫龙岸？板嶂河、武阳江蜿蜒流经龙岸大地，分明就是两条矫健的游龙！尖山上是不是曾有仙人居住，我们晚辈不得而知。但尖山有仙气，却是有迹可查的。昔人有"六马白牛沙子塘边吃冷水，金鸡凤凰尖山顶上吐莲花"的联句。

我说尖山有仙气，就是因为它能够吐出神奇的"莲花"，并于清明之夜凝成一支南天神笔，上穷碧落，钟灵毓秀。罗城旧志上描述尖山"耸插云霄"，这未免有些文学上的夸张和想象。其实尖山高不过四五十米，是一座又瘦又小的山。山上有树木少许，人可攀越。由于它四周尽是平旷的土地，方圆二三里内再无异峰突起，所以显得愈加挺拔秀美。远远眺望，尖山伫立在莽莽苍苍的天地间，独秀清奇，气韵非常，你不禁要感叹大自然的鬼斧神工。杭州灵隐寺的飞来峰是灵鹫山飞来，尖山是不是也来自哪一座仙山、哪一座琼岛？

走进尖山村，屋舍俨然，小桥流水，十分迷人。桑竹葱郁，炊烟袅袅，恍若仙境。置身兹地，难免会心旷神怡，宠辱皆忘。

有一年清明节，我在扫墓途中偶然抬头望见远处的尖山，我那时几乎是尖叫了一声。天雨初收，云霭未散，尖山沉浸在一片轻纱薄雾之中，接天通地，正气浩然。它的背后是混茫无边的空间。我驻足凝望了很久很久。我正是那个时候想到独秀峰。尖山之美，不在其下。只不过独秀峰生在桂林名城，早就遐迩闻名，而尖山却"养在深闺人未识"，这不能不说是一种遗憾。

龙岸已故诗人何启谓在他的《竹枝词·龙岸八景（其八）》中这样描写："尖山笔岫彩云飞，倚马文章人不知。我写竹枝笔已秃，借君聊且一挥之。"

尖山这支笔，它确实把自己借给了何启谓。借给他写成了《雪鸿诗稿》，写下了"清脆溪声奇峭峰，江山到此不平庸"的豪迈诗句；借给他怀古幽思，"舟泊金陵春已暮，莺花依旧六朝红"；借给他抒发家仇国恨，"登临最是凭栏处，国难乡思几断魂"。这支笔还伴随他在战火纷飞的旧中国颠沛流离。

尖山这支笔也借给了周钢鸣。他扛着这支巨笔去投身革命洪流，去参加中国左翼作家联盟，去撰写中国第一部系统地论述报告文学的性质、任务和写作方法的专著——《怎样写报告文学》。他还用这支神奇的笔，谱写了气壮山河、响遍大江南北的乐章——《救亡进行曲》："工农兵学商，一齐来救亡，拿起我们的铁锤、刀枪，走出工厂、田庄、课堂，到前线去吧，走上民族解放的战场！脚步合着脚步，臂膀扣着臂膀，我们的队伍是广大强壮……"当年，许许多多的热血青年，正是因为周钢鸣创作的这首歌走上抗日战场的。

奇峭的峰尖，瘦耸的神情，确实是一支神笔。笔端，奔涌着龙岸这块土地的激情和灵性，也潜涌着龙岸的文化和历史。它饱蘸的是云雾霞岚的墨汁，挥洒的是山间的清风，写的是星月文章。

大明山之旅

2005年5月2日，余自邕城辗转宾阳王灵镇至宾阳县城，已是夜晚11时半。是夜，与画家廖曼凯及先期到达宾阳的罗城友人银联忠宿于永武街曼凯岳母家，开始谋划神牵梦萦之大明山之旅。

5月3日，早，与曼凯、联忠二君游宾阳城外六羊岭。岭畔多荷田，叶初圆。于岭之阳得见蒙氏先祖蒙永田墓，甚巨，碑亦厚硕。碑联云："派启长沙义胆忠肝昭日月，支流宾郡兰枝桂叶并岗陵"。蒙乃宋代长沙善化县莲塘村人，知宾州，廷授奉直大夫，其人有肝胆，正义凛然，于朝廷多有战功，碑文有云："名标铜柱，声满瀛海。"其子少莲，亦官宾阳，遂卜居兹地。其孙蒙传，大中祥符五年（1012年）进士，曾出使交趾（今越南北部），化夷之功卓著。十九世孙大赉者，明嘉靖二十九年（1550年）进士，历任礼部仪制司主政、刑部南京尚书郎中、北京兵部武库司郎中、南京刑部山西司郎中。据曼凯云，蒙大赉为宾阳百年难遇之大才子，曾为太子侍读。后为君王猜疑，离宫出走游学，后召回京，途中吞金而死，年四十四岁。对于斯人之逝，乡人有言："夫先生之英灵，足以动数十世之追思。"可见其对地方之影响。今宾阳多有其故事及诗文流传。事多传奇。蒙大赉墓亦在附近，墓亦大，未见碑记。宾阳蒙家，堪称当地名门望族矣。

出六羊岭，过大浪塘村，即旧时蒙氏卜居地也。村头见蒙氏宗祠，前有池塘，有古树一，视之，大叶榕也。村中树木茂好，周遭多池塘，景色甚为清幽，实为宾阳一大胜处。出村，见一新造牌坊，曰"恩荣坊"，程思远先生题字。上有广西师大蓝少成先生所作联句。闻此坊旧时已有，用以褒扬蒙大赉，"文革"遭毁。曼凯君言，附近原有白沙楼，乃宾阳八景之一。

出大浪塘村，游宾州镇（芦圩）南街，街道多老宅，昔宾阳经商巨贾聚居地是也。旧桂系巨头武鸣县人陆荣廷先生少年时曾打工寄迹于此。青砖石条，随处可见，古朴之气逼人。街中有天后宫一座，门关闭。从门隙间依稀可见妈祖端坐堂上，面容亲切。有一个黄氏宅，名"慎余堂"，有豪宅气派。宅中清凉、幽静，多精致木雕，雕以凤鸟、花、草、字等。有数老妪打牌休闲于其间。南街中段一青石板小巷，通往白莲村，古榕树下，友人刘小红祖屋在焉，门前有大池塘。昔多栽白莲花，芳香四野，村因而得名。

南街之头得一古石桥，谓南桥。桥分三拱，桥身多雕刻，东侧有石雕龙头二，貌颇奋昂。西侧有石雕龙尾二，样甚灵动。态若二神龙驻守石桥，露头露尾，栩栩如生，洪水何敢轻犯哉？桥上两侧石栏杆浮雕遍布，内容以动物为主，亦有花草与经卷。动物有羊、鹿、鱼、马、龙、凤、猴、麒麟等，皆活灵活现、生动活泼。从风格判断，当为明代遗物。南桥雕刻之精工，令吾等啧啧称奇。

桥头一米粉摊小坐，各点一碗宾阳酸粉，此时，日当正午。食毕，访宾阳仅存之扎龙人邹氏。邹氏三代传艺，人称扎龙世家。而今新风鼓荡，古艺渐稀，扎龙营生冷淡，兼职掌勺。谈少顷。后游宾阳职业高中，原宾阳历代旧政府所在地。

宾阳职业高中校园，尚留老房三四间。先至一礼堂，堂内宏敞，可容千人以上。据云，广西解放初，解放军征剿大明山土匪取得最后胜利，于此礼堂庆功。今礼堂边有桂树一棵，桂叶萧疏，高丈许。

校内还有书院一。亦为宾州旧时考棚，士子于此应选。庭院三进。今门可罗雀，木门紧闭。从门缝得见庭中龙眼树绿叶婆娑，花影寂寥。甚为凄清。校园多玉兰树，颇有年月，他处实不多见。

是日午5时，与曼凯、联忠二君从宾阳乘车往上林，途中几经周折，6时许方至上林县城。稍作休整，便心急火燎登车前往大明山脚下的西燕镇，预计翌日一早径登大明山。孰料事与愿违，偌大西燕竟无一处客栈可寻，镇政府亦无招待所。遂怏怏而返。夜色中见大明山数点灯火，与夜空之星斗相辉映。9时至上林县城大丰镇。夜晚宿丰城旅社。一夜无话。

5月4日，早，自上林县城乘柳微车至西燕镇，路途约10公里，9点半钟从镇之正南方入山，路平坦，有农人负杀虫器步行入山。亦有农人负杀虫器驰摩托而过。此景当为古人所未见，乃今人一大发明。行至山脚，稻田郁郁。田中多有杀虫者。眼前得一山溪，自西而东，有少量水，多巨大鹅卵石。过溪桥，沿溪边往左，一百余米，得一农人指点，往山上流下的另一小溪岸边开始攀登大明山。仅有小路，多长杂草。虽人迹稀少，却也非十分荒落。山路渐上，日光渐猛烈。正午之前落了两场雨，雨点不大，时间亦不长。于道旁歪斜树下将就避避即过。银联忠君由于肠炎引起腹泻，已一昼夜，是时体力略显不支，然志在高山，未言退却，吾与曼凯十分钦佩。故上山速度时缓时疾，走走歇歇，一路蹭蹬。还两次停下让其躺着休息。幸好在上林准备好药物，仗药力与毅力，联忠君居然一步一摇与吾二人同舟共济，往大明山高处奋力攀援。山麓松林间歇息时，有黄牛三只亦避晒林下，知吾等无有敌意，渐次过来亲近，抚其头角，无有不温，无有不顺，若有所思，有所悟。仿佛老友之晤面。作别牛儿，三人继续登山，过松林不久，行于巨石之上，与前土质路已有差别。人困路长，山路陡斜，仰望之，入于重霄。登山之艰，此处备尝矣。亦深感是山之大，之高远，之雄浑。复行，入一阴凉溪水道，上有树木枝叶相连，密如网织，下有大石块梯列而上。石皆湿润、净洁，虽无溪水，却似溪水洗过一般。行于其中，不受毒日相侵，可听萧萧忽来之林涛似滩头水起，几疑其为真流水。俟风稍止，方知天籁出自枝枝叶叶，顿感通体泰然，不复疲惫。联忠君亦忘其疾矣。通道两旁多树木，亦杂以蓬勃疯长之草本植物与蕨类植物，落叶沉积，空气潮润。听闻山蚂蟥袭人多在山之潮湿处，彼蚂蟥弹跳力极强，初微细，食人血后则臃肿异常，贪得无厌之状毕现。故而不敢逗留太久，穿行甚为疾速。溪水道欲尽处，遇一个樵夫负一独木自山上来。问曰："路尚多否？"答曰："无多矣。"是日漫漫山途仅遇此一人。

出通道，行于山林之中，间或穿行峰畔之峭壁，树木较前溪水路相对疏朗，幽深林壑及向来之山峰已渐抛身后矣。回首来处山脚下，西燕、里丹诸镇，遥遥在望。

山路多枯树横陈。腐朽处有白色菌类生长。原始森林气息渐次浓郁。三人边走边歇，赏几蓬野花，拾几片落叶，道些经历趣事，行行复行行，道路又转入遮天蔽日之密林中。于此密林，不见烈日，不见天色，仅有微光，山下景象尽失，唯有林间漫长幽邃小道无尽延长！行人于斯，仿佛步入山中另一个与世隔绝之时光隧道。林中一切若凝固，或言自成乾坤，春秋自在，不为任何外力所束缚。可所闻者，惟林外隐约之风声、偶尔几处啼鸟及己之脚步声尔。

足踏层层落叶与曲曲拐拐盘踞路面之树根，感受别样时空之微妙，颇有几分兴奋与激越，亦暗自担忧天遽黑而路无尽头。会迷失甚至消失于茫茫黑森林。此大约为人类追求自由却最终逃避自由的一种普遍心理。

林中多灌木，草本植物已不多见。山愈高，植物种类亦随之变。密林中树叶自黄，鸟儿自鸣，花儿自开，层层落叶经年不见日月。道旁已朽之木或倒或立，均可见新树新枝从中长出。宣言着生生不息之精神。正所谓："病树前头万木春。"

一时凝思，一时惶惑。而步履匆匆，未敢轻歇。忽听前边曼凯联忠欢快喊叫。原来野杨梅林已到。曼凯昔年偕友游山，时值野杨梅红熟，各摘满一草帽底，尽尝其鲜。余快步向前，即见几株野杨梅树，已挂满青青梅子。摘下数枚，细嚼慢咽，虽苦涩味过重，然浅浅酸味及淡淡青草味沁人心脾，令人口舌生津，可解一时烦渴困乏。

过野杨梅林，路况开始有趋下之势。此时，林中多零乱横陈之断木，近腐，有刀斧印痕，道上亦多朽木朽根，别于前径之活根也。木根虽朽，却也如龙如凤如蛇如鹰，物象千变万化，大可惑人眼目。间或可以见到几汪浅浅水潭，非活水，乃林间雨水积存也。树木而外，还可见少量竹子。愈下，湿气愈重，经年腐叶化为腐殖土，踏之甚为柔软，仿佛棉絮一般。三人步履匆匆，话亦不多矣。盖路太长，惧天黑前无法走出密林。加之时有林间枭啼，若不速之客，如狂笑如泣诉。不觉暗自发毛。曼凯十数年前曾走过此路，今亦有所疑虑，恐此径有误，别有正途。唯见路上有行人遗弃之垃圾诸物，示人迹曾至，略可自宽，增长信心。于是一直埋头走路。脚非如箭，心却似箭矣！

至下午5时30分，前行曼凯忽然大叫一声。三人终于步出不见天日之密林，达天坪林场修筑之公路。从上午9时30分徒步至此，吾等三人已在山间密林穿行、停歇、再穿行……整整八个小时。林间小路出口处，向左是林场废弃之公路，通向林区深处，向右走一公里可到大明山旅游开发区总部。因曼凯记忆有误，三人误走左边废弃公路数公里，始觉不对劲，方折回头。夜色渐渐降临。山崖上几点鲜红杜鹃在黄昏里分外绚丽，形如幽谷佳人，看得心疼！夜8时，行至大明山旅游开发区总部。估计日间步行，当有二十公里矣。夜宿度假山村木楼。写日记时，地板上一只黑蚁徐徐行过，吮吸地板水滴，如尝甘露，其体若两粒发光黑豆相连，蚁身之大而硕若此，为余平生首见。

5月5日，早，大明山上大雾。缕缕雾气徐徐游戈于树梢间，木屋前，近树可见，远树尽没于浩茫雾海之中。雾变幻多姿，须臾散去，须臾复来。今吾于大明山上得睹此聚散之景，感慨系之。

由于夜间有大风，呼呼啦啦，遂洗衣裤挂于门外。早上发现衣裤尚湿，原来山风虽猛，却湿气太重，未可干衣也。此番出行，甚为仓促，长裤仅此一条，此际倍感狼狈。幸而曼凯兄往度假村厨房将之烘烤，未几，烤归，抚之，裤已干爽，温犹在。曼凯兄一双丝袜却不幸烤焦矣。曼凯于我，有烤裤之恩。昔郭林宗冒夜雨，剪春韭，古道热肠，传为佳话。今曼凯冒晨雾，烤湿裤，虽或有异于千载前之时境，其中情愫当不让于古之人也。

上午与曼凯、联忠自木屋出，行2.5公里，游天坪。天坪为大明山一胜景，宽敞平坦，多草，四围皆密树。于海拔1200米之高山处有此大草坪，堪称一大奇迹！今人建有大弈局，大如足球场。南北两头各建有一木高台。弈时，对弈者各据一台，如战将呼风唤雨，指点沙场。今高台似已废弃，而棋盘犹历历草间。登北台，顿觉云气飞扬，风声嘶吼，一时间，拏风跃云之感，油然而生。四野草树，如绿浪翻覆。云开之际，可见远处龙头峰卓立云表。龙头峰乃大明山最高峰，海拔1760米。惟樵者、采药人偶尔可至，他人无缘问津。

坪涯搭有观棋棚，狭长，风过有声。恰遇曼凯之师广西艺术学院李绍中先生绘水彩画于此，同时还有另一画师，绍中先生同行者也。皆以风色草树入画。曼凯遂留下观其师作画。余与联忠步行返回住处，由另路前往金龟瀑布。亦需行2.5公里。途中，联忠君不愿再行，遂于树荫下木凳小憩、养神，好不悠哉！余遂独行，至金龟瀑布，瀑声浩大，游人甚众。瀑布泻于两面悬崖之间，分二层转，为茶黑色。之前所见大明山之水均为此色，知情者言之为积年腐朽树叶浸泡雨水流泉而成。有路曲折直通谷底，护以铁栏杆。余盘桓少顷，即返回联忠歇息处。知曼凯已路经此地往不老松处写生。惟联忠依旧不动，静若禅定老僧。歇未久，曼凯写生归来，示以古松速写图，苍劲不俗，遂发逸兴随曼凯往游不老松景点，亦金龟瀑布方向，沿新辟公路行，经里许，旁有密林小径，颇幽邃，穷其林，即至悬崖边，见遒劲苍古二株老松，气象不凡。松下围以短木栏，有示险牌，下为深崖。曼凯云，适才其写生初至，见景色壮观，激动难耐，跨越栅栏，裤脚为栅勾留，翻个跟斗，险坠悬崖。余探头观测脚底悬崖，不禁两股战栗，足底发酸。立于老松之下，极目对面断崖，峡谷深山，如巨图悬挂于苍冥，毓秀钟灵，气势磅礴。当此际，方悟大明山之大格局此间深藏。世间浩然堂宇，从未轻易外露。不觉又与曼凯高歌数曲，依依不舍而去。

与联忠君会合之后，商议乘车下山事宜，因下午3点多快巴票已售完，购得5点钟车票。从山上至南宁市朝阳广场，车票30元。时候尚早，遂留联忠候车，余与曼凯往公路先行，欲往开阔处再观大峡谷。公路旁多百年古树。几株粉红杜鹃曼妙可人，为山中养眼物也。然视觉之冲击力不如昨悬崖之猩红杜鹃。

行数里，至大峡谷。饱览壮丽景色，终悟少陵"荡胸生层云"句意。曼凯作速写于公路崖边，余坐石上读《法藏经》静候快巴到来。5时许，车至。往山下迤行，过武鸣县。8时许至南宁安吉车站，9时许至金桥车站，夜11时许至宾阳县城。宾阳是时大雨。车过之处，街道水花飞溅。

是夜龙头鸟服装店老板廖敬真先生于其宅招待饮茶，谈大明山其游踪及宾阳前尘遗事。直至翌日凌晨5时许方散。仍回曼凯岳母家歇息。

5月6日，上午9时许于宾阳街吃宾阳酸粉。之后往宾阳高中拿行李，见刘小红、廖悦澄、陈兰。往大榕树脚候车处候车回宜州。离发车时间尚早，留联忠照看行李，与曼凯前往宾阳职业高中会晤廖秀明同学，廖秀明同学喜读《南楼丹霞》，与南楼文学缘分殊深。因南楼而思慕报考河池师专中文系。南楼者，南楼丹霞文学社，余所指导之社团也。印行三十二版纯文学报纸《南楼丹霞》。不巧，廖秀明因感冒发烧已住医院打针，未缘一晤。将出校园时，遇职高教师虞海宁和林枫。虞与我于网络上有过交情。虞刚好带数码相机，借此机缘，余与曼凯及二位老师重游职高校园，得以在旧兵营、民国老礼堂、曼凯手植桂树下、书院前、书院天井龙眼树下、月亮门、古代科举考棚等处留影。考棚廊间柱子为圆形，亦有力形，由圆形青砖叠砌而成。圆形青砖，此番于宾阳初见。余收藏古砖若干，今遇此稀有之物，不禁绕柱抚砖几回。

三日前游书院时，门紧锁，只见微隙。三日后重来，门仍锁，隙大如掌，以手推之，竟可过人。是以得入书院内游历。院内颓墙圮壁，草树丛生，荒凉特甚。昔日弦歌之地，今日萧条若此，能不唏嘘？

11时许，与联忠乘车往宜州。

大明山之旅，到此告一段落。

会仙山摩崖

我素来认为,一座有山的城市,城市的历史和文化会悄悄地在山上累积、生根,甚至会在山上开花、结果。山为城市收藏秘密,绝不轻易洞开。慢慢的,山还会成为这座城市的符号和象征。它与这座城市密不可分,浑然一体。离开城市的人,因为思念城市而思念一座山,因为思念山而思念一座城市。要研究这座城市,山上的陈迹是无法回避的。

位于广西宜州市城北的会仙山,就是这样一座山。

城里的人,不仅把它当成靠山,还把它当成一个宝。它的挺拔和雄浑以及亘古不变的神情让居住者感到一股说不出的舒坦。会仙山有很多摩崖石刻。这些或清晰或模糊的荒野文字大多刊刻于明清时期。宋代的碑刻也是有的,只是风剥雨蚀,多数已残损不堪。

清晰可见的两块宋碑都与佛教有关。一块位于白龙洞口一面倾斜的石壁上，境地险绝，像一面有字的旗帜悬挂在幽暗的空中。千年的风雨飘摇，竟撼不动这方匀净的石头。这块碑叫《婺州双林寺善慧大士化迹应现图》，它以图文相应的形式记录了善慧大士的各种事迹。善慧大士即傅大士，是南朝佛教界的神异人物，被尊为"维摩禅"的祖师。他在双林树下结茅苦修七年，最后感得释迦牟尼佛、金粟佛、定光佛从东方大放光明。相传他是弥勒菩萨在汉土的化身。弥勒佛另外一个化身是山东那个整天乐悠悠的布袋和尚。现在所造的弥勒佛形象都是以布袋和尚为原型。知道傅大士的似乎只有学术界，更不用说把他与弥勒佛联系在一起了。傅大士留下很多偈子，其中最重要的偈语是："有物先天地，无形本寂寥。能为万象主，不逐四时凋。"这表达了他对佛性的理解。这一观点，为佛教界众多大德所称许。另一块摩崖石刻在洞内石壁上，叫《供养释迦如来住世十八尊者五百大阿罗汉圣号碑》，它列出了五百大阿罗汉的名号，碑中有一幅图案，描绘的是释迦佛讲经，十多个尊者环侍左右的情景。石刻的线条精细，有一种飞动的感觉，仿佛寓示着那遥远时空的法会至今仍在持续。有人考证出它是国内现存的最早的五百罗汉名号碑，比江苏江阴的五百罗汉名号碑早36年，而江阴碑已无实物。因此，白龙洞里的这一块碑有其独特的价值。五百罗汉名号碑的右上方崖壁上，有一组佛教造像，所占面积长宽皆1米左右，普贤菩萨坐在大象上，大象的前方有男女二人，男似作进献礼物状，女作揖礼佛。大象的后面站着一个古代西域人模样的侍者：戴着帽子，是个大胡子。侍者上方尚有一个骑鹿仙人。造像的左上方有几行小字介绍说，这组造像是宋代绍圣年间（1094—1098）宜州城西一个叫龙管的仵作与他的妻子罗氏九娘捐净财雕刻的。普贤造像对面的石壁上还有一组浮雕佛像群，宽约1.6米，高约1.2米，计有14尊菩萨，分上下两排站立，大多数作合掌状，中间上方有一尊古佛坐在台上，古佛体积较大，佛与菩萨容貌都很奇古、拙朴，流露出一股天真的气息，从容之中透出慈悲。古佛的下方是一只狮子，佛经有云，"说法狮子吼"，此处的狮子，应当是用来喻指佛法的威力。古佛是何代何年雕凿，可惜已无法稽考。

洞内外这两块与佛教有关的宋碑以及洞内这两组佛教造像足以证明宜州会仙山至少从宋代开始就是佛教圣地。

白龙洞最吸引人的还是那些题壁诗。最有名的是洞外石壁上太平天国翼王石达开与他的部将们的唱和诗刻，据专家考证，这是全国唯一的太平天国诗文石刻，弥足珍贵。"文光"和"剑气"是石达开和他的部将们诗歌里交相辉映的两样东西，石达开的名句"剑气冲星斗，文光射日虹"就是代表。读这些诗，我们不难看出这是一支高素质的农民起义军。完全不是人们设想的草莽英雄。我在"刮藓细读古人诗"时还发现了两个渗透力很强的普遍意象——陆仙翁和白龙。这几乎是所有摩崖诗中最为鲜活的话题。似乎也是这座山的主题。太平天国的铿锵诗韵在这里只是一声呐喊，而陆仙翁和白龙是这座山的底蕴，是"主流文化"。山名会仙，传说曾有仙人跨鹤来集，这就暗示了这座山浓厚的仙道气。这是一座神仙会聚的山，自古就有仙气。唐代陆禹臣在白龙洞里修炼，最后羽化飞升。他炼丹的药炉至今仍淹没在荆棘丛莽之中。而鳞甲头角宛然的石龙在洞中匍匐已有千年，关于它的迷人的神话传说，在一方水土中广为流传。且不论白龙与陆仙翁是真有假无，但二者的存在确是超乎现实的东西，是人类的想象和精神寄托。尘世之人，在仕途和生意场上驰骋，心灵有时难免会感到疲惫和惶惑，在接近山水舒展胸臆的时候，内心会自然而然地向往那些传说中的仙翁。但要仿效陆禹臣，远离尘嚣，艰苦修行，他们又很难办到。他们只是向往，只是盼望有一天忽然得沾些仙气，好神游快活一番。正如洞中一块镌有"岭南胜境"的碑中，明代广西按察司佥事郭子卢所说的，希望在游山时碰到陆仙翁手植的蟠桃和石榴，找到他掘在山顶的玉井，传说见到这些东西不仙即寿。郭子卢最后是经历荒烟蔓草，攀越陡峭崖石，仍然找不到一点点叫他心花怒放的仙迹。自然，超凡脱俗的神仙境界始终无法进入，他自叹仙缘无分，俗缘厚重，遗憾之余刊诗于石，悄然下山，又老老实实做他的官去了。

《徐霞客游记》中记载了白龙洞出口处有庐陵人刘斐（欧阳修的同乡）的绝句一首，现在，这首诗还在，只是残损不全，仔细推敲，还可以吟咏出来："当年回首烂柯山，世态消磨一局间。陆叟已仙枰尚在，洞云深锁白龙闲。"仙翁走了，枰尚在。这悠闲的白龙和羽化登仙的陆禹臣，着实让刘斐感叹了一番。

在白龙洞内外的摩崖上题诗的庐陵人不少，这又是一个饶有兴味的现象。庐陵人对宜州情有独钟，对白龙和仙翁欣慕不已，心仪不止。那个时代，可能到广西做官的庐陵人比较多，有没有形成"庐陵派"，现在很难深究了。宜州古代的地理位置比较特殊，常常是官宦、军旅的必经之地，所以，很多文官武将都在这里留下了他们的印迹。而庐陵人对山水似乎有着别样的情怀。不排除是受了他们的同乡那篇《醉翁亭记》的影响，个个学做醉翁，动辄摇头晃脑来两句："醉翁之意不在酒，在乎山水之间也。"

除了对陆仙翁和白龙洞向往不已之外，人们还对另一种颇有隐逸和仙道色彩的禽鸟——鹤，感兴趣。这是仙人飞升的交通工具，借此可通仙境。洞外石壁上有这样的句子："岂无老子骑牛至，尝有仙人跨鹤来。"洞内石室有云："云封洞口龙归久，风动松枝鹤梦迟。"《粤西诗载》中也录有前人吟咏白龙洞的诗句："云气奔腾龙去远，松花摇落鹤来栖。"除了诗句，山上的石壁上还镌刻有悠闲的鹤鸟，其中一只作亮翅状，非常生动。人们对鹤这种羽毛丰盛、情性高洁的禽鸟总是有着不解的迷恋情结。还有一些奔跑的鹿和跳跃的鱼也被刻在石壁上，这体现了古人对欢快和自由的神往。此外，诗人们对成仙得道的一些辅助性事物也倾诉了他们的痴情，例如仙桃、兰草、石榴、琪花、瓶中古榕等，美丽的植物也寄寓了他们超凡入圣的想象。壁上有云："仙韶声远天坛静，云集琪花仔细看。"《徐霞客游记》里有一段会仙山顶百丈深井岩的描写："忽幽风度隙，兰气袭人，奚啻两翅欲飞，更觉通体换骨矣。"这"两翅欲飞""通体换骨"，跟成仙得道大概也差不多了。

一首词与一泓水

那天，我是在没有任何心理准备的情况下进入龙门水都的。大凡看到突然出现的水我都比较激动。水像大地的眼眸，在林中闪闪烁烁。水是神秘的，它像龙一样在大地山岭中出没，时潜时显，变化莫测。当我看到龙门水都那一泓清水，内心的赞叹自不必说。

当时我在微博上写了一条："今日游邕州郊外龙门水都。不意此山之中，竟有此碧波一泓。天地之间，含蕴无穷。出门三步水，登岭万木春。听湖上鸟语，浴清风徐徐，看枝头新叶摇曳，直有偷得浮生半日闲之畅意。"后来我才知道，三步水不仅是龙门水都的一处楼堂，也是一个古老的地名。那个地方，以前就叫三步水。曾听闻十步有芳草的说法，今见三步水，觉得十分奇妙。

后来我有幸结识了龙门水都的董事长苏受吉先

生，从见面伊始，我就发现他对地方文化和历史抱有浓厚的兴趣。这跟我接触到的一些高校教授，文化界人士多么不同。那些人对什么都不太有兴趣，更不用说地方文化和历史了。苏先生跟我说宋代邕州知州苏缄抵抗外敌坚守南宁城，城破后全家老少三十六人投火的悲壮史事。看得出来，这一段史事对他的内心是有激荡的。而且，他的激情很容易感染他人。他还跟我说到苏缄的叔叔，科学家苏颂。对于苏家的历史，他如数家珍，令我十分钦佩。

再次接触到苏受吉先生是在城内一个茶馆。偶然间我们谈到诗词。我原来以为苏先生只关注历史，这回我发现我错了。苏先生同样关注文学。苏先生说张孝祥有一首词非常好，刚好我也喜欢那首词，于是我们就一同背起那首词，你一言我一语，好不快乐！"洞庭青草，近中秋，更无一点风色。玉鉴琼田三万顷，着我扁舟一叶。"我这才幡然醒悟，原来龙门水都的那一泓清水早就藏在苏先生的意念之中，他斥巨资开发龙门水都，原来是跟内心的一首词有关。有怎样的词，便有怎样的风景。我知道，在这滔滔浊世之中，许多人已丢失内心的那首词。或者说，根本就没有过一首词。他们不知道古人曾经有过什么襟怀。古人的确不像当今有些人这么贪婪，只注重肉身的享受，古人更重视精神的提升。

北宋广南西路（即今广西）经略安抚使余靖在广西宜州南山留下一首唐代吕岩的《牧童》："草铺横野六七里，笛弄晚风三四声。归来饱饭黄昏后，不脱蓑衣卧月明。"他用草书书写在崖壁上，高标超脱，野逸之风跃然。他的情怀，跟后来来到广西为官的张孝祥很相似。张孝祥的职位也是广南西路经略安抚使。余靖离开广西后，曾说："为帅十年，不取南海一物。"张孝祥在洞庭的波光和澄澈的月光中回忆在广西的岁月：

"应念岭海经年，孤光自照，肝胆皆冰雪。"那时的官吏竟然如此寄情山水，清廉为民，令人长叹！

再次进入龙门水都是跟几个诗人文友。因为都是写作者，心态纯真，一经山水诱发便欢呼雀跃。这一次非常荣幸坐船游龙门水都。"着我扁舟一叶。"湖上有微细雨雾扑来。愈往深处，原生态的景观愈现。水边岭上的植物构成复杂，有一种未加修剪的丰富性，这样的植被，很自然地氤氲着一层薄薄的雾气流岚，这跟人工种植的树木很不同。人工林没有天然的雾气保护。

我甚至觉得，艺术的天才们，身上也有一层未被开发的雾气。好像身上总有一部分还没有睡醒一样。这种未清醒的状态，外化为一股蒙眬的气质，洋溢在艺术家的眉宇之间。包裹着龙门水都原生态植被的薄雾让我再一次思考艺术家身上应该保留的东西。人其实是大自然的一部分，一个分子，人不能离开大自然，人要获得艺术灵光的青睐，得保有一份天真未琢、一份混沌初开。

船上细雨微风令人心旷神怡。不时有野鱼跃出水面，让我想起古人的诗句："细雨鱼儿出，微风燕子斜。"岸边鸟鸣得欢，听起来很清澈。船工说，天晴时鸟鸣更多。今天有点微雨，鸟的数量明显减少。飞在天上的，和在地洞走的，发出的声音很不一样。地洞里的声音重浊，怎么听都有一股怨气。地洞里的会晤，也是冷嘲热讽。我们还不时看到小巧玲珑的野鸭子在水面奔跑，速度非常快，激起的水花呈一条直线，跑一阵又潜入水中。这种水面奔跑的技术，在日常我们称为鸭子的身上，显然已经退化。

从船上下来，我们与苏先生在茶室里喝茶聊天，听他介绍龙门水都一带的旧闻趣事，觉得过去的时光与现在的水波一样，与野鸭野鸟一样，生机盎然。苏先生是当地人，幼年时就在这条河中嬉戏。水里有一个很深的潭，没有人可以潜到底。那是古代的官员求雨的地方。二十世纪五十年代做了水库之后，一般人都找不到那个深潭了，但苏先生知道它的所在。那种神秘感和恐惧感伴随他长大。经过介绍，我们还知道龙门水都周遭的许多旧事，比如，这一带人们找到过两只铜鼓，还挖到一个地下隧道。种种迹象表明这附近曾经是古代的战场。红红的旌旗曾经掠过这里的山岭，马蹄声和呐喊声曾经摇撼过这里的丛林，鸟兽曾经惊怖地奔窜。我记住了几个神奇的地名，比如"姑娘岸"，比如"红水裂"。在那个叫红水裂的地方，人们挖到一层厚厚的褐色泥土，于是便有人猜测那可能是战争留下的遗迹。这附近有个寺叫罗秀寺，徐霞客先生曾经到过，并且在游记中作了记载："路左有寺，殿阁两重甚整……从路旁入罗秀寺，空无人，为之登眺徘徊。"罗秀古寺在罗秀山上，南宁古八景诗说的"日影罗峰云霭霭"，说的就是罗秀山。罗秀山是南宁地脉所系，徐霞客在游记中说："南宁之脉，自罗秀东分支南下，冈陀蜿蜒数里，结为望仙坡，郡城倚之。又东分支南下，结为青山，为一郡水口。"如今，青秀山和人民公园内的望仙坡是人们接踵而至呵气成云的旅游胜地，倒是罗秀山变得鲜为人知了。

　　苏先生所说的故事中，最引人入胜的是蛇的故事。

　　在龙门水都还是龙门水库之时，有善歌者经常到水边放歌，附近劳作之人已经习惯，忽然有一天，歌声停止。只见善歌者急急奔走数百米始停，人上前问其故，见其脸色惨白，说是见大蛇从岭上徐徐滑下，前来听歌了。还有一个人，到水中游泳，游得有点累了，刚好碰到一节浮木，于是悠然抱木，沉沉浮浮，十分快乐。尽兴而弃之登岸，到了晚上，躺在床上慢慢回忆戏水细节，感到那木头至为稀罕，亦坚亦柔，若有鳞甲，抱之似有蠢动含灵之感，木头当无此弹性，然当时只顾玩水，哪管浮木，未及细思。深夜方惊呼，日间水中所抱之物，非木也，正是巨蛇！不觉惊出一身冷汗。

深山大泽，必有龙蛇。龙蛇蛰伏之所，云蒸霞蔚，气象氤氲。龙门水都，那一汪清水，有自然之秘藏。深深浅浅，随人参阅。文章之末，想起吾乡诗人雪鸿（何启谓）为一深潭所作之诗，用于龙门水都亦十分贴切。毕竟，浩茫的水中都有一处不为人知的深潭。我们不知道，它是不是连着大海，它不是藏有巨龙。今以雪鸿之诗作结：

神龙曾否飞天去，或在碧潭深际潜。
欲听龙吟声寂静，夕阳秋冷一潭烟。

这里的河山

这里的河山，有很多难忘的记忆。有疼痛，有欢腾，有美丽，有宁静。从补锅者用煤炭做燃料开始，合山煤矿慢慢开启了自己艰辛而辉煌的历史。红水河边的宽银幕徐徐映过许多影像，有人物，有故事，有政治、军事，有硝烟、战火……光绪三十一年（1905年），武宣人刘统丞来了。1919年，贵县龚雨亭、桂平姚健生来了。1926年，容县人伍廷飓来了。1928年，国立中央地质研究所冯景兰、乐森璕来了，他们发表《广西迁江合山罗城寺门煤田地质》一文，绘制《广西迁江县北泗圩合山煤矿地质图》。1933年，地质学家张文佑、陈家天来了，撰写《广西迁江大隆煤田地质》一文，绘制 1/250000 的煤田区域地质图；这一年，陆川人吕春瑄、李楚凡来了，容县人廖百芳、广东茂名人周响晨来了。1934年，广西银行香港办事处主任黄宗儒来了，德国鲁伦洋行买办罗雪甫、广州大商人伍哲夫来了。1936年，广西政界曾其新来了。1938年，地质学家张文佑再次进入合山……许多人来过，数也数不清，怀揣着各自的使命、梦想和期待。矿窿下的挖煤工人，路上的挑夫，运煤的牛车、人力车……福特载重汽车、德国产的火车头从德国运到香港，再从香港走水路溯流而上运抵合山。抗战时期红水河往来频繁的运煤船影，一米宽的铁轨上奔驰的小火车，沿河一座座崛起的码头，里兰煤矿的夜晚如布达拉宫一般的灯光，废弃的矿场……这里的河山不寻常，蕴含着巨大的能量。这能量，推动了时代的发展。无论从哪个地方着手来看，合山都是一本厚厚的书，牵系着家国的命运。

1937年"七七"事变发生，广西出兵抗日，军费开支浩大，同时国防用煤量不断上升，合山煤矿在铁路修筑及开矿设备购置、安装等方面耗资巨大，经费不足，公司陷入困境。为此，公司董事会不得不向中国银行求援。黄宗儒得知中国银行总管理处宋子文来到桂林的消息，立即到南宁见李宗仁，请求李宗仁在与宋子文会晤时，请求中国银行借款支持合山煤矿，李宗仁不负众望，向宋子文陈述了情况，宋子文表示："如有开采价值，可由中国银行尽量投资……"事有凑巧，宋子文的美国留学同窗好友邝兆安当时是合山煤矿工程师，邝兆安将合山矿场及煤矿储量向宋子文详细汇报，宋子文十分高兴，决定让中国银行与广西省政府合资接办，改组成立合山煤矿股份有限公司，投资扩大到440万元。这是合山煤矿得以持续发展的一个转折点。"七七"事变后，出于战略考虑，国民党政府重点建设西南大后方，合山作为西南重要的煤能源产地，因为开采基础好，加之其位于湘桂铁路旁，其战略地位骤然凸显。合山这个名字也一下子闪亮起来，进入许多人的视野。加强对合山煤矿的开采对国民党政府有着重大的意义，符合当时的经济方略。合山煤矿在抗日战争时期支援反法西斯战争，为大后方的经济建设做出了巨大的贡献。通过李济深的电报我们可以感受到合山煤矿的重要性。1943年1月6日，驻桂林烟煤临时调节委员会主任委员李济深致电合山煤矿股份有限公司："……查产煤数额攸关军事交通与各工厂需要……尽量增加职工督促生产，以应急需。"公司全体员工受激于民族大义，丹心炉火红，夜以继日，奋力产煤。1944年，红水河暴涨，大隆矿井被淹，公司没有消极应对，而是立即赶到里兰矿场和嘉巴岭矿场，一边开发煤场，一边修筑铁路。仅用3个月，矿场出煤，思光至里兰铁路支线开通。当时，第四战区官邸、交通部、经济部燃料供应处及湘桂铁路、桂黔铁路当局均派员驻矿，督促抢运煤碳。战争时期合山牵系着国家的安危。

我上面说的，仅仅是合山历史的几个小片断。还有许许多多闪光或黯淡的片断叠加在历史的册页里，鲜活在人们的记忆之中。

1939年11月，昆仑关战役前夕，国民革命军第五军军长杜聿明率部途经北泗，在八仙岩召开作战发布会。此事一度为合山人津津乐道。经考，仙掌山素为合山市北泗镇的名胜。仙掌山山腰的八仙岩东西贯通，长58米，洞内分前后两厅，东洞口建有大同楼，西洞口建有望月楼，有很深的文化积淀。只可惜后来大同楼等景点被当作"四旧"破坏了。我两次到合山采风，非常遗憾，都没有机会见到仙掌山，无缘登临望月楼一览龙王清泉。

其实我对仙掌山并不陌生。很多年前，我就读过有关仙掌山的诗句。我的家乡罗城龙岸镇前辈诗人何启谓先生抗战时期曾避居合山北泗镇，在他的《雪鸿诗稿》中，有诗为证。1943年有诗《暮游仙掌山》，诗云："仙掌高遮日欲昏，看山心切叩山门。壁间依约游人句，洞里长明供佛灯。贝叶念余清馨歇，暮云归尽炊烟腾。登临最是凭栏处，国难乡思几断魂。"从诗中可见当时的仙掌山八仙岩佛座灯明、经声梵呗的情景。在观赏山色洞景之时，诗人免不了流露出对国难的隐忧，对故乡的怀念。北泗囻山村也是诗人向往的地方，他写有《囻山村》："谁谓桃源在武陵，此间风物似先秦。出山处处作标识，恐再来时迷却津。"战乱之中，合山尚有如此宁静之所。种种迹象表明，合山不仅有藏量丰富的煤矿，还有纯朴的民风和不为人知的桃源风物。大约那时的北泗镇是个人文荟萃的好地方，诗人1944年离开此地时竟然流露出依依不舍的情绪。他写有《留别北泗乡诸友好》："囻山仙掌意依依，底事匆匆便唱骊。春雨有情留不住，杜鹃频唤不如归。"在《去迁江》一诗中，诗人写道："轻舟载我来，轻舟载我去。榜印黯然青，红河淡少许。……"（榜印，指榜山和印山，是红水河岸边的两座山）。

如果有机会，我真想去拜访那些曾与合山煤矿苦乐相依的红水河老码头——比如地势险峻、久负盛名的白鹤隘——像拜访老朋友一样，一一去拜访它们。去抚摸一块块码头上的石头，去回想那些以往的灯火、远逝的帆影，感受曾经的繁华与辉煌，慌乱与宁静，寂寞与孤独。因为这里有煤，有乌金，所以，催生了这一切。没有丰富的宝藏，这里就不可能有那么多往来的人。这块土地可能依然是寂静的，不会那么热烈地参与历史的书写。"古来无人境，今代横戈矛"，采矿和战争一样，都可以让一个无人之境变得热闹起来。穷乡僻壤的合山一直以来都是鲜为人知，因为它地底的宝藏被发现之后才慢慢地成为一个重要的地方，演绎了一出多幕大戏，有感人肺腑，也有气贯长虹。各种人物纷纷登场，悲欣忧喜，将一己命运与家国兴衰荣辱相牵系。一个小小的合岭山到了后来成了一个城市的名字。一座城市的发展有着各种各样的缘起，它可能与战争有关系，也可能与重大的事件，物产、地形等因素有关系。一座城市的名字，藏有很多历史信息，可以让人们无穷无尽地去想象，去思索，去挖掘。

合山市河里乡有一个叫怀集的地方。怀集有一个漂亮的大水库，三面环山，山明水净，十分灵秀。水边的山上有个岩，叫灵岩，历史上建过庙。在广西被命名为灵岩的山洞还真不少，我知道的就有宜州婆王山灵岩。我们到怀集的时候看到了一个新的寺庙正在修建。禅修文化园建在水库的旁边。房子已经建好。里面有僧人，有经书。水库的对岸，可以看到正在建设的几座灵岩寺殿宇。我们了解到目前正在开发灵岩寺的是广东六祖寺。大家都知道，六祖是禅宗六祖惠能，他在《六祖坛经》中叙述他在湖北黄梅县五祖弘忍的道场东山寺修行的时候，获得五祖的衣钵，因为同门欲争抢衣钵，他连夜往南逃，师父吩咐："逢怀则止，遇会则藏。"怀指怀集，是六祖逃难时栖止的地方，人们普遍认为，这个怀集是广东怀集。会指四会，是他藏身立命之所。人们为了传其法脉，在广东四会山里建六祖惠能寺，建寺时间距今已有一千三百多年。

现在还没有资料显示合山的怀集跟六祖南逃的线索有交集。当然，他当年若是经过合山，也会按照师父的吩咐住在怀集。因为师父并没有指定一定是广东的怀集。合山怀集跟六祖当年经过的怀集可能仅仅是一个地名的偶然相合。但由于合山怀集有灵岩，自古有庙，而且山水灵异，景色怡人，这不得不引起我的遐想。这个圣地，或者真的跟六祖有什渊源也难说。即使他没有到过，也可能是"得佛授记"的地方，总有一天，它会跃升至不一样的境界来，这不，现在的六祖寺就来到此地开发了。我只能感叹世事之神奇。

因为一个名字，在这里建灵岩寺，建禅修中心，我想，这就是对六祖的致敬，对六祖逃难栖止之地的致敬，对一个词语的致敬。惠能被称为"古佛再来"，他的《六祖坛经》影响深远，在佛教的典籍中，它几乎与释迦牟尼佛所讲的经典同等重要，在中华民族的传世宝藏中闪耀着光芒。可见一个有创造力的人物，由于他给后世留下无穷的智慧宝藏，人们会通过各种方式纪念他、传颂他。他普利众生的恩泽，居然也灌注到一个词语之中。六祖寺在合山怀集建寺庙，就是为了向怀集这个名称致敬，更深层的意愿是向怀集这个地名背后的六祖惠能致敬。

今天的合山，建设得越来越美丽。2009年实施资源枯竭型城市转型发展战略之后，合山很快完成了转型。现在展现在我们面前的是一个颇具欧洲小城市风格的美丽城市。田野里四处花果飘香，红水河奇石馆里藏品万千，精彩纷呈，展示了红水河合山河段蕴藏的壮丽与神奇。城市街道建设得非常好，夜晚的路灯温馨宜人，公交车站台建得玲珑别致。作为重要街景的运煤车，像太阳神阿波罗的战车一样，曾经运送乌金和光明。它们已完成使命，载满了人们的记忆，停泊在城市的树荫下。想必它们还会在许多人深夜的梦里轰隆隆地行进，穿越乌黑的煤窟，一路向阳光灿烂的地平线奔驰。如今的运煤车上种有鲜花等植物。它们过去运载的是煤，现在种植了花朵等植物，这是一种充满诗意的生活美学，寓示着这座城市对未来的追求。这些温馨而怀旧透出设计的精心，包括在生态农业方面的努力，我认为这是合山人在向合山这个名字致敬，向这个充满历史记忆的符号致敬,向开发和守护合山的一代代人致敬,向那些筚路蓝缕的创业者、百折不回的探索者致敬,向那些怀着家国梦、以民族大义为重的煤城人致敬。只有保有尊重历史、致敬历史、致敬高尚的品质和闪光的人格,我们的城市才不会丢失自己的"魂",也才能找到前进的方向和信心。

匹夫关怀古

2007年10月31日那天，都安县菁盛乡老人大主席潘国华与年轻的潘副主席知道我们要到红水河边探访匹夫关，事先拿了一把柴刀把匹夫关那一带茂密的荆棘丛莽砍个殆尽，硬是辟出原来的老路，让我们辨认出匹夫关的痕迹。那个地方，那一段历史，似乎被淹没得太久太久。

出了都安县城不久，我们沿着红水河边一路狂奔。老同学苏睿驾车水平十分娴熟。但因为小车底盘太低，路面崎岖，小车排气管掉了下来，一路哐当哐当响个不停。路的左边是山，右边就是河床深切的红水河。看见幽蓝幽蓝的河水以及河边刀剑般挺立的礁石，我头脑中老是浮现出那些遥远的历史画面：咸丰十年（1860年），太平天国战将"协天燕"石镇吉在百色兵败又遭内变后欲往贵州不成，只好沿红水河往下游逃走，试图到宜州与石达开会合。他当时走的就是这条险峻的山路。野兔惊走，山鹰腾空，土司的部队一路追击而来，不让他有任何喘息的机会……

最险峻的地方就是匹夫关。真个是，一夫当关，万夫莫开。石壁上的小路只容一人通过，一不小心就会掉入一百多米深的悬崖，下面是汹涌的红水河，谁也制服不了的红水河。安定土司潘凤岗早已设下埋伏，在山上堆了木头和石头。石镇吉一到，木头和石头就往下滚动，太平军损失惨重，几乎全军覆没。有些将士直接投身滔滔红水河，演奏了一曲悲歌。石镇吉是攻城掠地、所向披靡的勇士，但因为疲惫不堪，不幸在匹夫关被擒。千古滔滔红河水，英雄此处演悲歌。他被潘凤岗押往省城桂林，被广西巡抚刘长佑正法，年仅 26 岁。这一节史实，被史家写进《广西通史》，这是太平天国史上慷慨悲壮的一个场面。

至今，匹夫关，犹让人胆寒。石壁下面幽幽的河水冲不走百年前的剑影刀光、马鸣鬼泣。

我们在潘国华老人的引领下登上了匹夫关的石阶路，首先看到石壁上镌刻的"岠岈"二字，字宽约有五十厘米，竖排，气势雄浑，两旁有小字，右边是"时成化戊戌年谷旦"，左边是"中顺大夫舞阴裔岑鏼（鏼）书。"其中有一字已模糊难以辨认。此人大约是当时思恩府知府。安定土司是思恩府属地。岑氏因有功于朝廷，得到皇帝赏赐大夫称号。这样的称号在土司中是屡见不鲜的。他在此处刻下此二字，是描绘狰狞可怖的如牙峭石，借以表达他心中的一股奇气，还是描述其威猛之力能达到险境镇山川的作用，我们已经不得而知。但此处峭壁耸立，石质坚硬，的确是统治者展示其丰功伟绩的好地方。

岑氏刻字那一年是1478年，380年后的1858年，安定土司潘凤岗又选择在此处展示其威力。他凭借天险，对石镇吉部进行围追堵截，最后在此关活捉石镇吉。

匹夫关的石壁前，今人建有一座庙，当地人称娘娘庙。说是有个娘娘，经过此处，见此处太险，为了救人，住于此地，希望见机济人。这是传说，没有什么依据。但人们的对险境的畏惧心理，在这座庙得到完满表现。人们对一个地方的畏惧心理会产生出一个神、一座庙来。这是畏惧感的投射。这个"娘娘"，多少有些观世音菩萨的影子。还有待进一步考证。

庙的右边，有石镇吉被拴处，有一个洞眼，说是当年穿绳而过的地方。上面还有碑刻记其事。"咸丰十年世袭安定司潘梧生擒发逆石镇吉之处勒石以志其事。"潘梧，就是潘凤岗。

可见擒获石镇吉，的确是一件不同凡响的事情，难怪潘凤岗会如此重视，希望借碑刻不断唤起人们的回忆，其实目的就是唤醒人们对他的回忆。

庙的左边，向下略倾的石壁上刻有几块碑，一块是都安县文物保护碑，一块是潘凤岗重新修复匹夫关和那一带道路的纪事碑。修关铺路，他自然也忘不了要搞一块碑纪之。"匹夫关"三个字赫然镌刻在山崖下。最下面一块碑刻文字比较多，有833字，是"安定司世侯潘公凤岗生纪功碑"，将其生擒石镇吉前后原委介绍得比较清楚。此碑出自潘家的姻亲桂林举人邹绍峰之手。对潘凤岗的"非常"之功业做出了溢美的评价。庙前面有一道石墙依稀可见，潘主席说是匹夫关的遗址，当年的关隘有一座城门，现在留下来的是石基。站在石基边缘，就可以看到脚下幽深的红水河。

在匹夫关上谈今论古，刮藓读碑，摩挲苍凉的斑驳文字，不觉夜色已降临。潘主席又急切地带我们去看灭瑶关。要沿红水河继续往菁盛乡去，过菁盛乡再走五里就到灭瑶关了。因为我们的车子放在乡里抢修，潘主席还主动联系他儿子，想用农用车把我们拉到灭瑶关。好在我们的车子一下子就修好了，不一会就来到了灭瑶关。这一段道路上，老主席与苏睿同学，还有一同来游的韦学宁同学热烈地讨论正在热播的电视剧《最后的子弹》的精彩情节。这部电视剧是根据作家凡一平的小说《投降》改编的，他是都安菁盛乡人，家在红水河边的地洲村。地洲村，恰好处于两个关隘之间。在这样的情境中讨论《最后的子弹》，并且达到白热化的程度，我觉得十分有趣。暮色中，我们下了车，向红水河对岸凡一平的家乡行注目礼。想拍照已经不可能，因为光线太暗。我当时还专门给凡师兄打了个电话。不一会，灭瑶关就到了，两块巨石凑成一个天然的关隘，像一道门，壁上赫然刻有"灭瑶关"三个字，下面是今人用石灰写成的标语，也挺有意思："扫除青壮年文盲。"今之"扫"和古之"灭"大约是同一个意思，但各自指向的意义和目的大相径庭。

听老主席说，灭瑶关三字先后被当地人用石灰涂抹、掩盖过好几次，现在终于还是恢复其本来面目，这体现了人们逐步正视历史的艰难历程。

我们在潘副主席家用餐后就踏上归程，老主席在夜色中与我们挥手道别。他们希望本地历史文化为外人所知的热切心情让我们异常感动。我们知道，他的腰后，衣服遮掩的地方挂着一把斩断荆棘的柴刀。被淹埋在荆棘丛莽中的匹夫关正是因为这把刀再一次呈现出来的。车子走了很远，我的耳畔仍然响着那把柴刀的叮当声。那穿越红水河历史和现实的叮当声。

来路太崎岖，返回不能走原路，于是我们往另外一条道路回都安县城。秋风乍起，草木萧萧，车子再度经过灭瑶关的时候，下起了小雨，山上有几点昏黄的灯火。有灯火的地方说明有人居住。

车过拉烈、古山，一条二级路经过许多石壁，石壁如刀切一般，使我想起古代的那些险峰间的栈道。但眼前这条道路很明亮通畅，做有漂亮的护栏。这大山深处的"酷"路让我惊叹不已，我为都安人民战天斗地的精神深深折服。

苏睿沉稳地开着车，还向我们叙述了一段动人的故事。他曾在火车上认识一个大学毕业之后留在上海当老师的美丽女孩，后来知道她是都安百旺乡人。苏睿和她有许多共同的话题，对她留下了深刻的印象。那次在无锡下车后，他再也没有见过她。他再次见到她的名字，出现在一份车祸死亡的名单之中。2004年8月7日，都安大石山中发生了一起特大车祸，一辆中巴车翻下路边山谷，十多个人遇难，其中就有这个美丽的女孩。她那次是从上海回来，带着她的奶奶去都安医院看病。此次跟我们同游匹夫关的黄镥飞，车祸发生时他参加了救援，也向我们描述了当时见到的情景，我们感慨唏嘘，无比痛心和惋惜。

正是这样一些悲惨的交通事故，这样一些美丽动人的生命和青春的逝去，唤起了人们对大石山恶劣交通状况的忧虑和深切关注，这里才拥有眼前这条让人眼睛为之一亮的二级公路。听了苏睿的叙述，我才知道这让人眼睛一亮的道路背后是让人心灵为之一震的故事。即使是在夜晚，公路仍然如此美丽。这的的确确是大山深处的奇迹，是大山深处的歌谣。

从匹夫关到崭新的二级公路，历史，民族，战争，灾难，血泪，现实，进步……这些元素轮番映照在心壁上，像一幕幕电影画面，让我久久不能平静。历史的伤痛何其深重！文明的进程又是何其艰难！

山川胜迹留霞客

在今天这个时代，越来越多的人丧失了对旅行本意的理解，以及放弃对生命意义、人的价值的追寻，放弃了对自然的悠然心会，对历史遗迹的冥思沉潜，而把在为生存竞争时被追逐而奔跑的习惯和本能用在旅行这样的行动上。

而徐霞客完全不是这样。

他的旅行是孤独之旅，是体验和感受之旅，是穷通天地物理、探索宇宙与人生玄机奥秘、进而达到天人合一、物我两忘的生命之旅。他的旅行令我们大多数人感到惭愧。因为他不畏惧任何险阻，有一把草，他就敢燃火入洞，有一壶酒，他就敢泛舟于洪流之上，不知东方之既白。他对自然景物的描述，贴切入微，虎虎有生气，笔下的山势水势之中融入了他人生的气势。他亲临现场，文字有强烈的现场感。他又有洞悉今古的一双慧眼，有敬畏人类文化的无私情怀。他常常赞美石壁上的文字高古、奇古，还恭敬地把不少摩崖石刻拓下来，把拓片随身携带。他付出了别人无法想象的劳动，所以他达到了别人难以企及的高度。钱谦益称赞《徐霞客游记》为"世间真文字，奇文字，大文字"。

徐霞客对宜州胜景有这样的描述："绕城之胜有三：曰北山，则会仙也；曰南山，则龙隐也；曰西山，则九龙也。"

对北山的描绘："绝顶中悬霄汉，江流如带横于下，郡城如棋局布其前，东界则青鸟山，西界则天门拜相山，俱自北而南，分拥左右，若张两翼。而宜山则近在西腋，以其卑小宜众，则此山之岩岩压众可知矣。峰顶有玄帝殿，颇巨而无居者。殿后有片石凌空，若鼓翼张喙者然。"

对会仙山百丈深井岩的描述："四面俱崭削下嵌，密树拥垂，古藤虬结，下瞰不见其底……余晚停杖雪花洞，有书生鲍姓者引至横突石上，俯瞰旁瞩，心目俱动。忽幽风度隙，兰气袭人，奚啻两翅欲飞，更觉通体换骨矣，安得百丈青丝悬辘轳而垂之下也！"

对白龙洞的描述："其底平坦，愈入愈崇宏；二十丈之内，有石柱中悬，长撑洞顶，极为伟丽。"

对百子岩的描述："洞虽不深崇，而辟为两重，自觉灵幻。"

对三门岩的描述："前眺尖峰，后瞩飞梁，此洞之胜，内外两绝。"

对西竺寺的描述："殿甚宏壮，为粤西所仅见。"

对多灵山的描述："多灵山最高耸。其上四时皆春，瑶花仙果，不绝于树。登其巅，四望无与障者。"

他游遍了宜州，夜夜石板当枕头。山岭、江流、潭溪、岩洞、寺庙、庵堂，无不在他的笔底饱含深情，熠熠生辉。他流连宜州一个月，游记中关于宜州的文字就有两万字，对宜州境内的山脉走向、岩溶地貌和水系水文做了详细的记述，留下了一份异常珍贵的地理文献资料。

他考察了南宋宜州知州张自明在宜州的嘉言懿行，认为《宋史》不载此人，"可谓失其人也"。张自明拿出自己的俸禄在宜州创办龙溪书院，建山谷祠，兴学右文，惠民甚厚。徐霞客还认为，宜州本地人传张自明怪诞，这是对他的诬蔑。

徐霞客在南丹游历期间，对南丹的青山秀水也情有独钟。例如，他对六寨穿山洞（今名美女镜）这样描述："东望一峰，尖迥而起，中空如合掌，悬架于众峰之间，空明下透，其上合处仅徒杠之凑，千尺白云，东映危峰腋间，正如吴门匹练，香炉瀑雪，不复辨其为山为云也。自桂林来，所见穿山甚多，虽高下不一，内外交透，若此剜空环翠者，得未曾有。此地极粤西第一穷徼，亦得此第一奇胜，不负数日走磨牙吮血之区也。"

面对奇景，很多人只能感叹。但徐霞客却能精确地描述，并赋予它灵幻的气质，引导我们进入一个灵动的境界，汲取大自然的精华，从而获得心灵的生机。这就是徐霞客最伟大的地方。

河池的奇山异水，一草一木，庙堂殿宇，断碣残碑，似乎早就在他的血脉中存在着。他并不对它们漠然视之，他这种浸透骨髓般对自然的爱，使他对笔下的事物统统如数家珍。旷世山水知己，非霞客先生莫属！难怪人们会称他为"旷世游圣。"

山中处子盘阳河

这是一条一旦进入她的领地就不想走出来,一旦走出来就会对她魂牵梦萦的河流。她贵族般徜徉在喀斯特峰丛地貌之间,穿山过岩,三进三出,时隐时现,有时幽静得如同处子,有时灵动得有如脱兔。其贯通一气、绵绵不断的神韵又使她仿佛一条云中雾里的神龙。青青的水,青青的峰,就连山上的岚气也显得十分清爽、飘逸。我记得那天我们走入她的领地的时候,天下着微微的细雨,在雨中,我们眺望百鸟岩,看不到岩,但山水空蒙,绿沁心脾,一派生机。我们有点后悔了,当时没有坚持雨中游百鸟岩。

我们经过巴盘屯,此屯依山傍水,听说屯中有很多长寿老人,巴马长寿现象已闻名于世,巴马也被认定为世界第五个长寿之乡。近几年来,很多大都市的人,像候鸟一样,悄悄地飞到巴盘屯,来了又去,去了又来，有些干脆长期定居下来，做巴盘人，皆因他们在这里获得身心的康宁，很多莫名其妙的病在这里治好了。这里没有明码标价的特效药，只有富含负氧离子的空气，透明的阳光和清清的泉水。这里只有日出而作，日入而息的纯朴生活。朝雾中，年轻的壮家女背竹篓在田峒里摸螺；微雨里，宁静的笠翁在古老的榕树下垂纶；夕光下，暮归的老牛悠闲地走在乡村的路上……

夏季，无论是白天，还是黑夜，盘阳河有时候会哗哗地响，欢快地叫。原来，壮家的女子，劳作之余，会把自己脱得精光，用赤裸的胴体感受盘阳河温柔的漪涟，荡涤身上的劳累。在盘阳河的怀抱中，只有一丝不挂的天体，才能获得大自然最空灵的馈赠。这就是盘阳河从远古时代一路绵延至今的"裸浴风"。

我们访问了盘阳河畔的坡月村，这里像巴盘一样，也居住了大量的"候鸟人"，他们三三两两结伴沿河边徐行，那种慢悠悠的节奏与自然高度和谐。有些还挑着水桶，要到一里外的百魔洞洞口挑泉水回来食用，他们都说，那泉水比任何矿泉水都要好，煮饭喷喷香。百魔，原来是壮话"泉水"的意思，但记为"百魔"二字，又恰恰与光怪陆离的洞里乾坤高度保持一致，因此，百魔洞声名鹊起，多少文人墨客，用优美的文笔写它的神奇。有人甚至认为，进入百魔洞，仿佛步入一条超越时空的隧道。我们赶到百魔洞，微雨初停，洞口一带春和景明，流水潺潺，一些挑水的老人从我们身边经过，他们都不是本地人，到异乡挑水，的确是他们想不到的体验，他们住在大都市里，早就不需要挑水了，但谁能料到，在巴马，这种古老的劳动方式在他们身上复活，他们在颐养天年的时光里，又为自己挑来一桶桶生命的甘泉。

我们碰上一对很有书卷气的北京老人，他们面色红润，神采奕奕，对盘阳河的生态环境赞不绝口。问何以知巴马，他们说是看到北京一家媒体的相关报道，就过来了。

在坡月村延年山庄，我们遇到一个八十多岁的东北老军人，他说他年轻时候曾在巴马一带战斗过，如今再度回来，已经是不同的心态，战争年代没有机会享受这里的美和清新，现在算是弥补。

在延年山庄的餐厅，我们看到三三两两围坐在一起进餐的外省人，在他们的碟子里，我看到苦瓜、南瓜、青菜这样一些绿色食品，也看到牛排。

村头有一座小庙，应当是婆王庙。这里延续着古老的信仰，这一带，一直传承着给老人"添粮"的壮族习俗。这使我想到，长寿有时也与信仰有关，有了精神的依托，身体才会健朗。平常赶歌圩，冬天围着火塘讲故事，生命不息、劳动不止的生存状态都是精神有所依托的体现。百岁老人仍然剁猪菜，上山砍柴火，采药，纺纱，剥玉米，这在盘阳河社群屡见不鲜。并且，老人们对生死很通达，在世的时候就准备好棺木，暂时用不上的时候干脆用作凳子，有个老人，坐坏了六副棺木，而她仍然健在！这在寿乡被传为佳话。

珍藏于黄焕福家中的一块匾，上书"誉重一乡"，是"钦命广西全省提督学政翰林院修撰国史协修加十级纪录十次赵为"，"武生杨茂宣题"，时间是光绪十九年（1893年）十一月谷旦。看来这一带有尚武精神。尚武与长寿亦有关联。巴马长寿博物馆收藏有几块匾，比如"寿比岗陵""春圃烟霞""惟仁者寿"，都是从盘阳河边的村子收集到的，这就充分寓示着，盘阳河流域的长寿文化源远流长。这里自古就是老天钟爱的一片桃源。河池也是如此，嘉庆皇帝赞美宜山县永定土司境内（今宜州市石别乡）142岁寿民蓝祥的诗句仍然在民间广为流传："星弧昭瑞应交南，陆地神仙纪姓蓝。百岁春秋册年度，四朝雨露一身罩。烟霞养性同彭祖，道德传心问老聃。花甲再周衍无极，长生宝箓丽琅璆。"

1991年，在东京国际自然医学大会上，著名学者森下敬一宣布，巴马是第五个世界长寿之乡（以发现先后为序）。这个一生研究世界长寿文化的老人，前后五次对巴马进行深入的考察。面对现在世界环境的恶化，他不无感慨地说："巴马是人间遗落的一片净土。"

三门海照见人生的幽境

我前后三次游过凤山三门海，对那几汪深潭始终恋恋不忘。这里原称水源洞，坡心村水源洞，是长寿河盘阳河的源头。水从山里涌出，成一个河口，河口处有悬崖峭壁，古树藤萝，极为幽谧。舟沿水口入洞，洞门若凿，如石室之门，有言是当年红七军21师的秘密指挥部。洞比较窄，仅可入竹筏。黑暗中摸索良久，就可以到第一个天窗。潭水清幽深邃，四周古藤攀援，绿叶滴翠。偶然身边会哗啦一声，令人惊恐。原来是深潭鱼跃。舟人说，在洞里钓鱼丝线和鱼饵不用放下水，只挂在石壁上，也不用什么巧妙的鱼饵，只用树叶即可。鱼会跳起咬树叶，不小心就上钩了，但也不会挂在石壁上，因为垂钓者会预留一节丝线，好让鱼继续活在水里。右面有旱洞，有曾住人的迹象。继续沿水路前行，穿过一个长长的天然拱道，上有钟乳倒挂，下有水光粼粼，十分奇幻。水在幽暗中流淌。很快就到第二个天窗。一面是悬崖，另一面是倾斜的坡，葱茏的树木映得水面也绿光闪烁，最显眼的是大叶芭蕉。其他还有竹子、野芋等。再经西面岩口，进入"内潭"，洞内微光闪闪，滴水叮咚，让人有置身水底龙宫之感，复有穿越时光邃道之叹。百转千回，人生如梦。便到第三个天窗，其四壁更为峻峭，潭水如深山里隐藏的一方圆圆宝镜，朗朗天光之下，植被丰茂，藤萝倒垂，稀有之兰草如佳人临水照镜，悄然立于空谷。不与人争，不以物喜，幽香自在。一派生机勃勃，野趣盎然，令人流连再流连，忘返，再忘返。湖的右侧有一旱洞，有小路可入，有小溪流出，据说步行一个半小时可由雷劈岩后山崖下出洞。

我第一次游三门海，兴尽归舟出到洞口，又舍不下这番奇景，一再央求舟子再度撑船入洞。舟子终为我央求所动，又撑船重新载我入内。我把洞中奇妙之景又仔仔细细玩味一通，直到暮色降临，方依依而出。

其幽邃深渺、光影参差、境界幻化、堂奥迭出的特征或许正暗合了我的人生情志，我才会如此痴迷。如此说来，这无法穷透的三门海，天然蕴藏着神秘的玄机和高深的哲理，等待人们来尽情感悟和开掘。就像是姑苏城外寒山寺的钟声，从唐诗里传来，吸引了千年寻访的脚步和心灵，谁敢肯定，那钟声不是我们生命中本来的事物？

"曲径危桥都历遍，出来依旧一吟身。"这是康有为先生的感悟。我的是，"石洞深潭皆历尽，出来依旧一吟身。"这"吟身"，注定是染上了石洞深潭那亘古生机的溟濛气息。

那一次游后，我不禁慨叹："不到凤山三门海，枉来人间一百年。"

千秋遗迹老土城

老土城位于河池市北部罗城仫佬族自治县龙岸镇南约一里，庞然大物，横陈在村落田垄之间，城墙上竹树葱茏，看上去莽莽苍苍，幽深静谧，行人驻足凝望，多少会产生"其境过清"的感觉。

老土城的历史已杳无可考。各种志书均无记载，民间也没流传。《柳州府志》有云："龙岸州，土人相传高悬里（今龙岸镇辖区内）设州治，辖一县，曰金鸡。"现在，土城东边不远处仍有一个金鸡村，因此，有人大胆地设想，土城会不会是古时金鸡县治所？至于古到什么时候，便没有人知道了。土城面积约八十方丈，墙体厚约四米，这么浩大的工程，不是区区几户人家就能修筑的，很可能是金鸡县建治时官方调动人力物力所构筑。听老一辈人说，住在城内的二三十户人家是清光绪年间（1875—1908年）从福建漳州府平和县迁来的,那时土城已经十分苍老。墙头上长满了高高的刺竹,竹很茂密,连箭都射不进去,看来旧时的土城有很好的防御功能,据之可避战乱与匪祸。

如今的土城又是何等光景呢？墙体斑斑驳驳,杂草丛生,一副颓垣败堞的模样。有些地方还是翠竹成林,尽日鸟儿啼鸣。青青的大叶芭蕉,稀稀落落地站在城墙上。土城的西面濒临大河。河名板仗河。以前土城挖有护城河,引板仗河水绕城一圈,然后有一个大水车把水摇起来用于灌溉,源源不断,这堪称妙用自然的典型。过去还有一丈多宽的城壕;现在,护城河与城壕都辟为田地,只约略留下些痕迹。站在城旁高高的河岸上看远水苍茫,听河水拍岸,"山围故国周遭在,潮打空城寂寞回",是一种苍凉的历史回声。而李商隐的"水打城根古堞摧"却是一种旷古的悲伤。此情此景,游者甚至还会像李商隐一样发出慨叹:"尽日伤心人不见,石榴花满旧琴台。"世间所有荒废的城都会给人相似的感觉。土城现存一座拱门,拱门苍老得不成样子了,在风中摇摇欲坠,仿佛只要用手碰一下就会倒塌。拱门不远处有一个大缺口,显然是人为开辟的,出入的人多数从那里经过,古老的拱门渐渐被冷落了。城内土地平旷,菜地繁茂,果树林立,竹篱瓦舍,十分古朴。遇着木芙蓉开放的时节,篱边院旁尽是粉红鲜艳的花朵。城中有几条小路,无论你从哪一条走,绕来弯去,最终都会走到城北的出口处。城北原有门,门上有炮楼,后来拆了,只留下一个空洞的缺口。城中竹子也不少,路旁随手就可以捡到光泽很好的竹壳,竹壳是妇女做鞋垫的上等原料。走在竹林小路上,脚板常常会踩到厚厚的竹叶,软绵绵的,十分舒坦;有时候,你走着走着忽然会听到一两声脆响,那是竹壳爆裂脱落的声音。

土城何以能够保留至今？这确实是一个难解的谜。过去龙岸古镇有许多古迹，诸如安宁寺、文庙、飞龙寨、何家祠堂、粤东会馆、福建会馆等，大都毁于劫火，湮没已久，如今杳无痕迹。就连清代末年革命家卢焘与张铁城在此地创办的竟化学堂也早已无处可寻。我想土城之所以留存，是不是因为它太土，太不中用，破坏它也是吃力不讨好，不破坏它也无关紧要。如果是石头城，恐怕也没了，石头要比泥巴有用。别人漠视它，对它不屑一顾，它反而留存下来。这不是庄子的人生观吗？比如一棵无用的大树，枝枝干干，毫无规则，木匠见了直摇头，结果，它却免遭刀斧之苦，得以存身千百年。我看，土城似乎也可以佐证庄子的哲学思想了。

近日偶然读到龙岸诗人何启谓留下的《竹枝词·土城奇迹》，其中就有一首咏老土城，诗云："何代何年建土城，筑之何用始何人？千秋奇迹无从考，留付渔樵话古今。"我想，诗人慨叹的，不仅仅是老土城。

经历雨夜

这应该还算是一个冬天的夜晚吧，天下着雨。一切都还是冬夜的气息。在这样的冬夜里，我独自从外边回来，三轮车穿过潮湿的长街，街灯闪烁着，已经开始荒凉的普照了。深夜的都市总是这样对我，不冷不热，不明不暗，叫我不敢相信人世间的许多事情。我下了车，走进单位的大门口，门虚掩，玻璃室里一个人冷漠地站着，我打了一声招呼，听不到任何回应，我悄然移步向一条熟悉的、长长的甬道。说甬道是不正确的，不过，夜晚的这一条道路的确像一条悠长的甬道。夜晚时常给人出奇的感受和想象，没有夜晚，许多艺术家就会莫名地枯萎。我听到雨声从树枝上坠落下来，这和那些清风纵横的夜晚我所体验到的有所不同。我还听到脚步的潮湿声响，鞋子湿了，在这样的冬夜，雨声不绝如缕的冬夜，这样令人感到寂寞，而寂寞里又闪现着一丝温柔的冬夜。

我在屋子里烧起了小电炉，脱下鞋子开始烘烤，这样的夜晚和这样的情景，使我想起了父亲。

外边是连绵不断的雨声，是打在瓦片上和树枝上再坠落，与地面撞击的那种雨声。再远一点的地方是江水，雨点打在江面的那种声音如何，我是无法知道的。雨点击打在心中呢？一滴滴。相伴荒江老屋的季节已经替换了好几次，老屋之老，在雨夜里特别明显，那不是一般的老，而是苍老，老态龙钟的老。屋子漏雨的历史已经十分悠久，修了又漏，漏了又修，像一个风烛残年的老人，你给他治好这样的病，那样病又开始犯了。这一次，屋子又一次表示它的无奈，一漏就是好几天。雨点看来是一种生命力很强的东西，它在屋子里弹奏它永恒的乐曲。打在一个铁桶里，音色单调而清脆。这样的冬夜啊，外边是雨，里边也是雨，里边的雨流经道路更加曲折，它们从瓦片上漏到天花板，又穿过古老的天花板汇集在一层发黄的纸上，原先这屋子的主人在天花板上糊上一层纸，大概是为了美化屋子。这层纸能够抵挡一下风雨，是他始料不及的。其实纸又怎能挡得住雨点呢？雨点就是这样成群结队地穿透发黄的纸，安然地侵入了我的生活空间。发黄的雨水已经倒过好几次了，现在颜色淡了，但还有一些隐隐约约的黄，这是屋顶带来的颜色，我永远弄不清这种颜色的来历。

在那个灰扑扑的小厂里生活，似乎是一件挺遥远的事情了。我那时正念小学，冬季多雨，我的鞋子保持着那种刻骨铭心的湿度，整个冬天我只有一双鞋子。一天夜晚醒来的时候，父亲也回来了。父亲睡了，但屋子里灯火明亮。我发现我的鞋子被父亲挂在电灯两旁，正热烘烘地冒气。温馨的热气弥漫在一贫如洗的屋子里，也弥漫在我寂寞忧郁的心间——我还是第一次体会到父亲的爱。父亲对我一贯是很严厉的，忽来的温馨有些不可思议。我无法说清楚那天晚上的感受。直到现在，也说不清楚。

今夜，我想起了父亲。我的鞋子湿了，我从湿漉漉的长街回来，我在被雨声渲染得无比寂寞的环境中想起父亲。我心中充满着对父亲的挂念。

独自经历这样漫长的雨夜，偶尔有一两句人语从墙壁深处传来，是呓语？不是，是谁和谁在讨论什么。

我窗外的那些石头，那些树，那些落叶，那些残砖断瓦，以及那一堵沧桑凝重的女墙，一定已经湿透了。

我在这样的冬夜为何听到遥远的地方传来一声声叹息，像桃花在山谷中落瓣似的叹息。点点滴滴，无比清晰。我走出了雨中，又有谁进入了雨中。有谁细心地聆听自己潮湿的脚步声，缠绵而悠远。有谁知我今宵闭门，独对潇潇夜雨？

即使躲进屋子，雨脚也会紧跟而来，在身边弹奏着单调而清脆的乐曲，很有些生机，又有些悲壮。

草根的呼吸

多年来，我的朋友郑云一直在罗城从事摩托车修理工作，他高大的身影似乎总是与小小的修理铺联系在一起。期间换了好几间门面，招牌也换了几次，但无论门面和招牌怎样改变，铺子里的光线总不是太好。想想也就明白了，既然是修理铺，那么，拆散的摩托车各种部位，上面满是油污，废弃或者尚未完全废弃的摩托车旧零件也一定存积不少，这些阅历丰富、面色深邃的家伙，自然会影响到光线在室内的正常舒展和发散。每次回罗城，只要有一点点时间，郑云的铺子是我必定要去的地方之一。在这个世界上，如果你认定谁是朋友了，你就会去找他，不论他是在官府衙门，还是在陋巷荒村。每次走进郑云的铺子，我的内心都受到强烈的震撼。因为，在阴暗和油污中我常常会看到一些文学书籍，比如《荀子》《宋十大名家词》《小说选刊》等。这些书籍，在别的地方见到，我是丝毫也不会感到奇怪的。因为这些书很常见。但是，在这样的铺子里出现，它们却以非同寻常的力量撞击着我！在这，我找到了文学在生命中的高度，在灵魂中的温暖。几年前，我就写过一篇有关郑云的文章，题目叫《好友郑云》，里边也写到他的修理铺，同时也写到他久远、无望而青涩的爱情。在20世纪80年代末那场青涩的爱情故事中，我是一个见证者。也就是在那个时候，我结识了多愁善感的诗人郑云，开始了我们历时长久的友谊。我在那篇文章里这样描述："可想而知，无活可干的郑云是坐在油污中用沾了油污的双手轻轻撩开一页书静静地读着的。他尤其喜爱柳永——只有红颜懂得痛惜的柳永。他也喜欢辛弃疾，充满英雄豪气的辛弃疾。"我记得有一次我进入他的铺子，他正在埋头展读《宋十大名家词》。那架势真是如痴如醉。这摩托车修理铺里的阅读，原来也可以进行得如此宁静。我在那篇文章中还这样感叹："做文人是艰难的。你做文人，在什么地方都得做文人。在明亮的广厦里，在阴暗的店铺中，在任何场合，和谐或者不和谐，你都得做文人。而大多数时候，选择精神的崇高就必须承受生存的悲哀。但地位的差别无论如何也阻挡不了追求的高贵。并不是说谁的地位高了，谁的权势大了，谁就拥有一切，谁就一定掌握着精神高度、价值、真理和道德，谁就一定有良知。"我有时候刻意强调自己处境的民间性和边缘性，但是，相对郑云来说，显得太不真实、太做作了。我一直主持着的文学民刊《南楼丹霞》，时不时也会发表郑云的诗和散文。而在不知不觉中，郑云与这份刊物也结下了很深的情谊。我读过他的一段平实的文字："我不是南楼人，也不是文人。从肉体到精神，我都是边缘的。而我，或早或晚，总是转弯抹角地接到几乎每一期的《南楼丹霞》……他给我的,是一种兄弟的问候。我知道,他的处境和我一样艰难,但我们都活着。"淡淡的话语,却让我鼻子有点酸。我还读到这样的诗句:"雨就这么不请自来/散乱着/像传说中的音乐/天亮还远/我已习惯于这种守候/雨停了的时候/思绪是一片羽毛/挂在树上/望风而叹/那里有一棵树曾经生长/摇曳着淡淡的花香。"读他的诗,知道他活得还挺诗意的。

最近我们举行一次非官方文学活动也与郑云有关。他现在暂时不修摩托车了,帮朋友管理一个刚开发的叫水上相思林的景点,他在沿溪的树上绑了很多红布标记作为人们穿越森林的"向导"。我们的文学聚会就是在他的倡议和帮助下才得以在水上相思林举行。郑云就是这样,他在任何时候都希望与文学靠近,或者为文学做点什么。离开水上相思林后,我一直怀念那些在风中轻轻摇曳的红布标记。我觉得那几乎是森林里最温暖动人的东西。有时候我想,文学可能就是郑云在森林里默默绑下的那一路红布标记。在幽暗的森林里,那些红布像一面面小旗,多么亮丽和神奇!森林里多的是溪水,我不知道郑云掌纹深处的那些年深日久的油污是否已经洗涤干净。前些日收到郑云发来的一段话,他说:"相思林下雪了,我在林子边的屋檐下升起了一堆柴火,乌烟瘴气中,就着昨夜前村打来的水酒,读《南楼丹霞》。冬天雨雪里的相思林是寒冷寂寞的,只有我在守着她,而我却不孤单,因为有南楼诸君留在这里的文章。记得有人说过,文学是一盆炭火,我反而觉得南楼更像是流水,就像这相思林里的水,生源于这片土地的底层,聚涌而出,顺势游走,野蛮热烈却不失其清澈。碗里的酒干了,这堆火也会熄灭,南楼意韵却挥之不去,它已生长为相思林的枝枝叶叶……"

郑云，一个不为人知的诗人，以他的清澈和真诚，深深打动了我。

我要说的另外一个朋友叫洛东浪人，长年在罗城的街头刻碑为生。其妻因不堪忍受长年与石碑为伍的清冷生活，已离婚而去。而在这之前，我到过他的铺子里小坐，他还向我隆重介绍他刚贴出的春联，眉宇间颇为志得意满。上联是：门面陋室半间，坐也由我，站也由我；下联是：家有贤妻一个，内务是她，外务是她。这副精彩的春联终究也无法挽留住他的妻子。但是，洛东浪人，始终是文字的坚守者，他从来没有放下过他那把底部锃亮的五寸雕刀。穿越幽幽深巷，走近他的家，仍然可以清晰地听到刀具与石碑的碰撞声，短促而悦耳。他就是以这种方式捍卫了经过他手心的每一个文字的形象和尊严。有时还可以听到他和远近赶来的文友们讨论诗词对联的时断时续的话音。是断是续，是由劳动状态决定的，他一边刻碑一边说话，自然那话就不会太完整。话虽不完整，却异常简洁和准确，具有一种特殊的节奏。在他门外的檐下，有一块靠墙的小小石碑，这石碑明显是那些大石碑的边角料，估计已经派不上什么用场，洛东浪人用以镌刻他自己作的一首五言绝句，其中有两句很能明确他的志向："衣虽三寸垢，深处不沾尘。"很长一段时间，洛东浪人的铺子成为罗城文友们朝夕相聚的据点，而这些文友，多半是一些生活困苦的文人，没有多少人会注意到他们。副刊编辑和文联干部也基本对他们不感兴趣。而正是在这样一些草根一般寂寞的人群中，浪人先生获得了他人生的友谊和快乐！罗城二十年大庆的时候，他专门刻了一副长达数百字的木雕长联，内容关乎罗城的山水、历史和人文。整副对联对仗工整，用词典丽，气势轩昂。他告诉我，这是他十年的心血结晶，是他来罗城谋生的岁月里最渴望做成的一件事情！从颇见功力的刀刻字迹之间，我们不难感受到这个孤独的外乡人与罗城结下的深深情缘。

　　踩着一架单车从乡下赶来县城的农民吴真谋，是洛东浪人铺子里最受欢迎的常客之一。不同的是，吴真谋写新诗，他在《民族文学》《广西文学》这样一些刊物发表过为数不少的诗歌，但这丝毫改变不了他的命运。他遭到过非同寻常的打击，人生几乎在同一天发生了系列变故。那一天，他的老婆离他而去，他家的牛被偷了，他的老母亲外出劳作摔倒了……老婆离去是因为他身患隐疾，牛被偷了是找不回来的，幸运的是全村人点火把帮助他找回了可怜的母亲。我的老师龙殿宝，一家报社的文学编辑，经常以辅导业余作者为乐。我听说，龙殿宝老师多次到吴真谋的村庄，从怀里拿出一小包一小包的东西，耐心地作了说明，从远处看，很像是编辑在跟作者商谈修改稿子的事，是有针对性的辅导性谈话，但知情者知道并不是那么一回事，事实是龙殿宝老师有偏方，他想要帮助吴真谋治好他顽固的隐疾。像龙殿宝老师这样的编辑，我想，在这个时代，不会太多了。此事我当面问过龙殿宝老师，他没有明确作答，但似乎也没有否认。吴真谋每次到县城，都要和洛江浪人住上一晚，他们有说不完的话儿。伴随他们的是那些即将被送到旷野中的坚硬冷寂的石碑。他们在这样的夜晚，只有用文学的微火温暖对方寂寥的心灵。吴真谋的诗篇《碗》（初稿）给我印象甚深："碗就在桌上站立/远离生命的伤口/坚硬的碗里盛满了阳光/盛满了饥饿的岁月/小小的我/裹着小小的风/从远方流浪归来/碗/站立在桌子的中央/孤独地望我/我还能说些什么呢/碗/坚硬的碗/似乎响起一种金属的声音/一种发自内心而坚硬的声音/它的灵魂/意志的尖啸/闪着咄咄逼人的光芒。"我不知道有没有人专门写过碗，但是我相信，没有人写碗能够像他这样痛彻而发自内心！读到这首诗的时候，我几乎是屏住呼吸，闭上眼睛，任由碗边那一缕阳光把我切伤。

也许，我还应当说一下宜州的韦克友。这个以文学青年自居的人从高等学校毕业后由于种种原因没有找到很满意的工作，后来终于在一家蚕种站找到了相对稳定的工作，做保安员。此前，他先后在一所小学、一所初中和一所高中工作过，当然，也是做保安员。他在高中做保安员被炒鱿鱼的理由有点好笑，说是校长嫌他转头的时候动作不自然。看来这校长对人的要求的确是高，到他那里找工作得先练习转头，一点也不得生硬。我们可以想象，韦克友在夜晚牵着一只眼睛发光的狼狗在蚕种站空旷的院子里逡巡的情景。可是，他的写作，从来没有间断过。即使是在和病魔做斗争的日子里。他也常常茫茫然地从乡村赶到我当时所在的校园里的南楼丹霞文学社。由于怕他走失，他身后几十米远的地方，跟着他的老父亲。他移动，他的父亲也移动。他停下来，他父亲也停下来。这样做，是为了不让他发现。他发现了会暴怒异常。有一次，在文学社附近的台阶下，我发现他那几乎匍匐着的老父亲，正在密切注视文学社办公室里的动静。他父亲也发现了正走上台阶的我，朝我尴尬地笑了笑。父亲对儿子的爱，还有比"匍匐"更让人心酸的表达吗？毕业后的韦克友，每次病发，都要回到母校，在文学社的办公室坐一坐，躺一躺，听窗外的蝉鸣鸟唱，呼吸一下室内的油墨清香，狂躁的心灵似乎平息了许多，又可以安然地回家了。文学，似乎是他唯一投奔的去处，是潮湿的人间唯一有灯火的一蓬茅草屋。他写了不少小说，但是大多数小说还沉默在稿子上。有些稿子明显已经发黄。如今在乡村生活的韦克友还在用他的文字营造他的乡土世界。他不时会给城里的我发一个信息，说他有几篇小说、几篇散文已经完稿，已经通过乡下的邮电所寄给某些刊物的编辑。《人民文学》的邱华栋老师读了他的小说稿后给他打过电话，建议他在题材上进行拓展。华栋老师敏锐地发现了他文字里有一种特别的东西。而韦克友接到电话后给我发了个短信，问我《人民文学》有没有一个叫邱华栋的老师。最近韦克友在《南楼丹霞》发表了一整版的诗歌，吸引了一些人的目光。据我所知，他不知道诗坛的所有事情，也没有上过网，不知道网络的世界如此精彩。他完全是凭着自己的感觉在写诗。诗歌是他本真的流露，像泥土一样朴实，像草叶一样青黄。在这些萤火虫一般的诗篇中，我不仅读出了他的呐喊和泪水，也读出了几分哲思和智慧，更读出了他对文学的真诚和严肃。《像阿城一样写作》一诗中，有这样的句子："棋子可以再举高些／像紧锁的眉头下／两只俯视茫茫宇宙的眼珠／俯视芸芸众生的眼珠／我的敬爱的／敬爱的阿城！／我要像你一样写作！"在这些诗句面前，我找到了文学让人敬畏的理由，听到了一个不屈的底层写作者心底猛烈的声响！文学，就是在这样一些地方，让我震惊。而这样的震惊，往往不一定来自大学的讲堂、作家的演说、评论家过度的阐释中。

他们的诗，也许真的上不了时下的大雅之堂——他们也无须登上大雅之堂，甚至，他们通过写诗也买不起一双锃亮的名牌皮鞋！这是事实。他们的写作，充其量是兴之所至时的歌唱，是忧戚时的一点呻吟，记录着他们生命中所有的欢欣和苦痛。我之所以写下他们，写下这些挣扎在温饱线的极普通的写作者，是因为我觉得文学像雨水一样，它不仅抚摸树的枝干，同样抚摸草的根部，渗入所有植物的体内，让它们生长出理想中的春华秋实。文学的光亮抵达每一颗心灵时，都是神圣的、平等的，没有分别。

相对于那些巧妙地以文学为筹码最大程度掠夺现实利益的作家而言，我更愿意亲近这些默默无闻的草根写作者，他们对文学的爱是生命本身的需要，是被囚禁在荒岛中的人朝天空呼喊的信号。文学是让他们感到切实温暖的一团微火。他们不做学问，不评职称，不搞项目，不奢求进入任何一种排行榜。文章发表了，他们高兴；不发表，他们也不气馁。面对文学他们永远有一份未加雕琢的天真，这天真可能不会给他们带来任何现世的好处。而正是这样的天真，我想，才有可能累积成我们真实的文学土壤。文学的魂可能正是附着在这些草根般的人物身上或者在他们活动的民间现场。因为这里面有着对文学最虔诚的敬意和热爱。

他们的写作，直接和生活、现实紧密联系。无论从哪一方面看，都俨然是泥土中的草根。也因为深埋土下，便常常为人们所忽视。

草根，含在口中，可能有点苦涩，轻轻嚼下去，慢慢的，会回味起一点绵长的甘甜。草根卑微，却是昏昧的泥土中生存的真实！它有着最本原的滋味和最天然的色泽。土地的呼吸，它听得最真切。底层的疼痛和热情也最容易通过它涌上被风裹紧的帆一样美丽的小小草叶！

我敬畏草根。

街上流行信天游

有一些歌总使我们想起一些人,想起一些布满阳光或是起了青苔的往事。歌在流行,我们的思念和情感也在流行。

我有一个朋友,一个兄长似的朋友。他喜欢浪迹天涯。我有好几年没见他了,不知他现在何方。我认识他是在我未满20岁的时候。有那么一天,在校园一角的一张水泥凳上,我认识了他。他久久地凝视着我,最后他告诉我说,他喜欢我。就这样,我们相识了。他不是我们学校的人,但是喜欢到我们学校踢足球,和学校的一些老师是朋友。

我们相识的时候,街上正流行一首至今仍动人心弦的歌,叫《信天游》。"我抬头,向青天,搜寻远去的从前。"《信天游》的旋律激荡在大街小巷之中。

这以后我们一起去参加过一次诗会。准确一点说，我没有资格参加，我是跟随他去的。每一次文学聚会，其实都会有像我这类莫名其妙的人混进去。没多少人知道他的来历。那天晚上，诗人们搞联欢晚会，有朗诵诗的，有唱歌的，最后是舞会。他引吭高歌，唱的就是《信天游》。唱完《信天游》之后他还用粤语唱了《射雕英雄传》的主题歌。那个时候，有一家电视台正播放《射雕英雄传》。

我们不止一次在这座古城的郊野和悠长的巷道漫步。我们喜欢逛书店，那家书店的一个女孩又美丽又冷漠，但对我的朋友很好。现在我常逛那家书店，那张又美丽又冷漠的面孔不见了，她一定是嫁了人，躲在什么地方偷偷做了母亲。我看着我的朋友跟她闲聊，我在旁边神往得不得了！我一句话也不会说，我那时见了女孩子还心惊胆战。他像是独饮一杯珍珠奶茶，并不想分我一小口。

不少人说他像个孩子，其实是因为他那颗童心。他告诉我，原本有童心的人很多，后来长大了就纷纷把童心丢在弯弯的山道上。他同样走过弯弯的山道。但他没有丢，他在经历了无数次挫折之后仍然保有一颗鲜活的童心。他给了我信心和力量，使我明白了一个道理：像我这种性格的人还是可以生存下去的，像我这种童心很重的人和社会还能相容。他童心粲然地出现，真是我人生中不可多得的一抹曙光。是的，也曾有人对我说过，童心好？童心值多少钱一斤？语调中含一丝轻蔑和一丝规劝。我无言以对，但仍执迷不悟。生活需要欢乐，世上也只有孩子的欢乐最纯真，最不掺任何杂质。有一些人拥有孩子般的欢乐和微笑，我们为什么要蔑视们？

有一个夜晚，他忽然抱着一只鹿子出现在我们的面前。他像是从森林中回来一样。他没有穿外衣，他的外衣已用来包着那只鹿子。鹿子受了伤，他说，很可怜。他是因为见它太可怜，才花掉身上所有的钱买下它的。鹿子很可怜地蜷缩在他温暖的衣服里，尽管昂着头睁着眼，但明显地让人感到它的呼吸十分微弱，它在这个可怕的世界上瑟瑟发抖。这还是一只幼小的鹿子。他轻轻地爱抚着它。他说他要抱回家帮它养好伤，再送进森林。他说动物很懂感情，你救了它，它会回来看你。当时，我们对他的举动感到不可思议，又觉得有些好笑。因为不甚在意这些事，以后也没有问起。现在想起来还真有点意思。我不知道，那只可怜的鹿子能否回到它的故乡，回到森林、草地和河流之间。它若是活不下去，我的朋友该是多么的痛心。它若是活了下去，等待它的又将是怎样的一种命运？它会不会，或者说能不能回来看望救它的人？也许，它想回也没法回，人的世界太危险太复杂，人们不会停止对它的袭击。它只能躲在遥远的森林作一些思念，思念那件温暖的衣服，思念我的朋友窗前那一地洁白的灯光。很可惜，我一直没有问他，一直没有再问那只鹿子的事。

时间已经过去很多年了。《信天游》还有人在唱。每次歌声响起，我都会沿着那熟悉的旋律回顾以往的岁月。我想起我的朋友、我的兄长，他现在不知漂泊在何方，他为什么一味地选择漂泊？

我跟他初相识的时候，街上正流行《信天游》。我喜欢这首歌。

旷野寻风

与石相依

走进仫佬族的村落,那种与青石为伴的氛围令人震撼。

弯弯的村巷铺满了一块块光光的青石板,洗衣服的村妇手挎着竹篮不动声色地踩过,年复一年;暮归的老牛,低着头,慢条斯理地走着,没有铃声,只有"嗒嗒"的蹄声,执着地敲响那一扇扇黄昏里沉默的门。

每个村庄都有一个门楼,又叫闸门。是入村的必经之地。门楼底部,砌着方整的青石,有些石头已被磨得油亮,有些石头还留有一道道细细的凿痕。每一家另外又有自己的门楼,底部也一样砌着方方整整的青石。进了门楼,天井里铺着一块块青石。而正屋大门的青石门槛这个时候会特别抢眼。很少有哪个民族会造这样高的门槛,更何况是由一整块青石凿成的。其高出地面约40厘米,宽约100厘米,厚15厘米,两头连着与门槛一样高的厚实的方形门磴。门磴通常是小孩子爱坐的地方，所以，家家的门磴都是光亮可鉴。最是炎夏，门磴一坐，清凉宜人。在仫佬族人成长的历程中，坐在门磴上数天星、仰视日月，听老人讲芭蕉精老熊婆的故事，几乎是必不可少的环节。

除了大门有青石门槛，中门、两个堂屋房、两个后门房、后门都铺设有青石门槛，只不过，没有大门槛那么高。这样算起来，仫佬族的一个居室中就横亘着七块青石门槛！这是很有特色的。这些深山采伐来的青色石头，它们用无比宁静的眼眸注视着春秋的风色，使仫佬人的居室平添了几许默然和安稳。这似乎寓示着一个民族对岁月静好的含蓄企盼。从一开始做房子，七道门槛就被稳稳地安放在家的空间里，它们在时光中各自坚守自己的位置，该幽暗的幽暗，该明亮的明亮。它们没有发过誓，却从来没有放弃过坚持。七道门槛记录着主家的欢乐、悲戚、喧闹、寂静，春耕秋收的步伐、日落月出的影子。昏黄的煤油灯不仅照见了新收的谷子、玉米、红薯、板栗，照见了屋角锄头、刮子、镰刀，墙壁上挂着的竹篮、鱼篓和麦秆帽，照见了春节的夜晚刚刚印上梅花图案的光洁如少女脸庞的糯米膜，也同样无私地照见了一块块门槛，以及它们朴实无华的闪着青辉的守望。零打碎敲的日子，门前屋后瓜棚的雨声蛩吟，来来去去，了无印痕，更多的是，无言承受。即使房子老了，主家另外起了新的房子，只要旧的没有拆掉，别的什么东西都旧了，朽了，老了，皱了，黑了，落了，但是，门槛依旧光洁如初，依旧静如处子。一颗寂寞的流星、一只迟到的萤火，就可以照亮它们的青青容颜。

喂猪槽是青石凿成的，磨刀石旁边的洗手盆和厨房里面圆形或方形的石水缸也是整个的青石凿成的。水缸里常年盛有清清的泉水，泉水有可能是从村头水井泉边挑来的，也可能是用竹笕从后山把溪涧的水引来的。石盆看起来非常精致古雅。这显然是一个注重细节、审美素质很高的民族。会唱歌的石磨自然也是青石雕成。逢年过节，家家磨米做糍粑，蒸粉蒸肉，磨豆子做豆腐。从质地温良的青石石磨中流淌出来的米粉、豆粉，尤其细嫩。村头溪水边少女们捣衣的青石板更是光洁照人，仿佛只要把衣裙往那上面一掼，少女们所有的心结皆可解开，消融于清波，在明天的圩场和歌会上，她们又可以大胆吹响那支青春的叶笛。

从前的仫佬族山区溪边涧畔多有碾房。轮滚的材料是青石，碾槽是青石。仫佬族地区的黄金镇盛产青石，黄金青石的特点是质地坚硬，色泽亮洁，经久耐用，是做碾盘、碾槽的上好材料，在方圆两三百里内闻名。仫佬族地区旧时几乎所有的碾房都用黄金的青石。好的东西都是这样，以品质取胜。

过去，仫佬族是个笃信佛教的民族。仫佬族聚居的罗城仫佬族自治县附近有十五座上规模的寺庙，梵呗声声，香烟袅袅。寺庙里菩萨的莲花宝座、承受柱子的圆形石礅、记录历史的碑铭、寺院内外的台阶，都是用的上好的青石。许多年过去了，寺庙早已找不到了，菩萨也找不到了，但是，那些善良的仫佬族石匠们当年在青石上精心雕刻的一瓣瓣清净的莲花，历经沧海桑田之后我们再来寻找，在寺院遗址的荒草丛中，它们还像初初开放一样，似有芬芳依然。

村后社王庙里青石雕成的花瓶、青石凿成的香炉，透射出几分神秘。其上面镌有各种吉祥的文字，比如"福""禄""寿"等，使古老的社王庙增添了几缕文化气息。这小小的社王庙可以看成是仫佬族原始宗教与青石文化结合的良好典范。

在仫佬族乡间，田野荒坡，村前寨后，房前屋后，桥边路口，或立或卧着一些刻有字迹的青石条、青石板，不是"南无阿弥陀佛"，就是"泰山石敢当"，从这些青石上的文字，可以窥见一个民族有着生生不息的语言。

村与村之间的溪水上，多有石板桥。比较宽的，是青石板并拢组合成桥面的"大桥"，中间有桥墩；有些干脆就是一条长长的方形条石，横亘在溪水上，仿似仙人架设，看似单薄，实则稳固无比，任凭洪水肆虐，也撼动不得。桥长约三到五米，宽三十厘米左右，若是胆子小的，有恐高症的，还真的不敢举步呢。

真是说不完，道不尽的青石：仫佬族人还用青石雕刻成精美的窗子，用青石凿成别致的花盆、砚台和生动的笔插。用青石做成蕴藏着"雷鸣"的练功石和练功杠铃。

青石，自然界中久远而深沉的色彩，应当也是生活本原的色彩。这色彩是灵动的、神秘的，充盈着这个民族的血脉。古人曾把爱情的坚贞形容为"坚如磐石"，我想，最好的磐石，应当是仫佬族人钟爱的青石了。青石，它洁净、坚硬、美观，是这个民族构建家园的最主要和最基本的质料，是支撑他们生活的最坚贞的物质，是守护他们梦想的亘古不变的卫士。从小就抚摸到光光的门槛，出门就可以坐上光光的石桥，体验那种清凉、温润而可靠的感觉，听木杵撞击青石舂的动人的乐章，一辈子穿行在石镜映照的世界里，不知不觉便获得了一份青石般刚毅的质感。到了最后，人们还会用一块光光的青石刻上他们的生平。他们便安详地沉睡在青石悠悠的光中，与萤火、流星、芳草，共度晨昏。仫佬族人的一生，或许就是在青石板上游动的几缕身影。仫佬山乡还发现了青石棺材，这真是族人与青石生死相恋的明证！

可敬的仫佬族人，用自己的智慧和勤劳的双手，把大山的太古和深沉切成方方块块（寓示做人要方方正正），妙用在生活的各个空间。他们取石也恰到好处，像蜜蜂采花绝不损坏花朵一样，他们取石绝不会损坏大山。他们的谚语是这样的："砍柴问山路，打石看石路。"这是他们对石头的认识和理解，也是他们顺应自然的高超智慧。他们把一块块坚硬的青石作为他们在这个世界上居住和行走的基础，终身与石相依，与石相恋，十分感人。

青石，仫佬族写不完的一本书。

青石，仫佬族唱不完的一首歌。

你听，那远古的仫佬族歌谣被一路吟唱而来：

我把古文来问你，

哪个仙人炼青石？

哪个把天来补起？

请把根由讲我知。

炼石补天女娲氏，

她在仙山炼青石，

补了三万六千块，

才能云散见红日。

一定是谜一般的女娲氏补天的时候把几块神奇的青石遗落在美丽的仫佬山乡，才铸就了仫佬山乡如此斑斓多姿的青石文化。

走 坡

看见这个词语，我们就会联想到《诗经》里面那些青年男女在河边沙洲上对歌的情景，古老而年轻的爱情，注定是大自然中最美丽动人的花朵。为什么要走坡呢？坡上有芳草，有鲜花，有煦煦的和风，还可以仰望蓝天白云。坡还有起伏，暗合情感的变化规律。不到那样的环境中去，简直是亵渎了爱情。

仫佬族的走坡活动，可谓源远流长。有人认为这种活动本身具有远古时代骆越文化的积淀。

走坡有两种外在形式，一种是"自由式走坡"，一种是"歌节式走坡"。

自由式走坡比较随便，没有固定的时间与地点，随处见到，随时可以进行。只要男女双方有意，路边山脚，坟场圩侧，大树下，石头边，到处都可以摆上歌坛。能够装酒就是酒坛，能够唱歌即是歌坛。酒与歌，同样芳香醉人。男方有意，一般以吹口哨和摇动手帕相邀，女方有意，也做相应回应。于是，找一个地方坐下来，或者干脆站着，对歌就可以开始了。

另外一种是歌节式走坡，又称为"坡会""后生节"，是相对有组织的活动。这种走坡有一定的时节，通常是春节和中秋节期间举行。节日期间，男女青年戴着麦秆帽或打着花伞，拿着粽粑等食物相邀来到土坡上对歌。在广西罗城仫佬族聚居地，比较著名的走坡场所有位于东门、黄金、小长安三个镇交界处的花源洞和位于龙岸、黄金两镇之间的三月坡。从字面上看，花源洞自然环境很美，使人想到世外桃源。而以月份命名的三月坡，显然是一个春天开始时才热闹起来的地方。

走坡对歌是两男两女做一个基本单元，有时两方都可以随便增加人数，形成两个对歌群体。首先由男方发出"风流歌""邀请歌"，权作试探之用：

唱歌先呵唱歌先，
工夫不做丢一边，
工夫不做工夫在，
风流没有几多年。

塘中白鸭是谁鸭？
田里白鹅是谁鹅？
白布包头哪村妹？
我想邀她唱支歌。

好比打铁遇着火,

好比杀猪遇着刀,

好比买卖遇着秤,

好比唱歌遇着娇。

经过男青年耐心而细致的撩拨,姑娘们开始按耐不住了,在花伞下叽哩咕噜的密谋后,终于推出了一张红扑扑的脸。她代表同伴巧妙地表露了心声:

远远听闻树叶响,

不知落雨是翻风,

真是有心同妹唱,

还是自己解闷空?

出句果然不同凡响。男青年抑制不住内心的欣喜:

好难盼,

难盼鲤鱼上滩来,

难盼画眉叫一句,

难盼妹俩金口开。

一来一去,瘾头越来越大了,紧接着唱了《初逢歌》《问村歌》《初连歌》,句句精彩,首首动情。歌声可以抚慰肉体的一切疼痛,让人们忘记人生的种种烦忧，忘记所处的时间和空间。日头不知不觉地落山了，歌声还在山坡上、草树间此起彼伏。直到半个月亮爬上来，他们才依依不舍地唱起了《约会歌》：

女：凭哥算，

　　凭哥算妹哪日来，

　　妹算又怕天落雨，

　　落雨霏霏哥不来。

男：妹英台，

　　请妹算哥哪日来，

　　算得哪日就哪日，

　　天晴落雨哥都来。

几番推让之后，终于形成决定：

男：妹花枝，

　　妹若有心算后圩，

　　妹哄爹娘去买布，

　　我哄爹娘去买书。

双方虽然定了时间，但是还是觉得心里空落落的，不踏实。好像抓不住什么东西，美的感觉转瞬即逝。这是所有初恋者的共同心态。仫佬族的男女青年自然也不例外。他们需要拿到贮藏爱情信息的凭证，于是，怀着忐忑不安的心情唱起了《问定歌》：

男：妹英台，
　　问妹真来是假来，
　　若是真来下个定，
　　下个定物表心怀。

女：真不该，
　　出门一样不带来，
　　镜子手帕打忘了，
　　只有脚底烂草鞋。

男：哥不论，
　　不论脚底烂草鞋，
　　妹若有心送给我，
　　也得日里去砍柴。

女：草鞋烂了四条筋，
　　筋筋又脏不好分，
　　明月作证石为凭，
　　阿哥谅解也就行。

用作定物的一般是手帕、小圆镜、雨伞、小花口袋、草鞋等，当男青年如愿拿到信物之后，双方才依依不舍地分开。分开时还要抛出《暂离歌》：

男：暂离十几妹英雄，
　　交颗红豆给妹栽，
　　妹想哥来哥想妹，
　　哥妹相思再转来。

女：风吹云动天不动，
　　水推船移岸不移，
　　刀切藕断丝不断，
　　我俩人离心不离。

第二次见面，女方已经变得十分主动：

女：我在坡上久久等，
　　独坐石头等哥来，
　　日上午竿树影动，
　　风吹树叶疑哥来。

男：妹花枝，
　　贫穷出门不容易，

先到上村去借米，
又到下村去借衣。

可以看得出来，男方已经扮演"可怜相"了，目的是唤起对方的怜悯之心，使爱情产生质的飞跃。爱情有时候源于悲情，其核心是快乐和悲伤参半。女方也知道这一招的厉害，很快就进入角色。接着，双方一唱一和，把《单身歌》《怄气歌》《愿死歌》唱得让人心酸泪下：

单身妹，
单身独自真受亏，
担得水回火又灭，
放桶只管扑地吹。

妹讲单身哥不信，
哥讲单身才是真，
不信妹到哥家看，
独个饭碗独草墩。

怄气得多头又痛，
眼泪流多眼又蒙，
手巾抹泪手巾烂，
手指抹泪骨头溶。

弟是单身死去罢，
直添八脚报妹真，
路上逢蛇妹莫打，
报双蛇是弟身魂。

又是单身，又是怄气，又是愿死，双方的心灵越离越近了，爱情的火焰越烧越旺了。这一次告别，已经是难分难舍：

送妹送到九头山，
舍妹不得双泪流，
远远望妹悠悠去，
好比用钳把筋抽。

送双去，
送过一湾又一湾，
个阵我双回去了，
离双就比水下滩。

回去了，
回去莫要踩石头，
妹踩石头见脚印，
见妹脚印眼泪流。

有了前面的基础，到了第三次约会，感情日趋成熟，刚开始就诉说相思之苦了：

女：想哥在心难行路，
　　想哥在肚难出门，
　　一日不见哥的面，
　　口吃黄连苦在心。

男：想着十几妹花球，
　　把妹画像挂床头，
　　三餐吃饭跑去喊，
　　双不能言我泪流。

到了八月十五，月亮圆了，走坡活动特别增加了赠送礼物的内容。通常是"哥送月饼妹送鞋"。爱情也因月亮的缘故，更加明朗了。女方对男方的月饼赞不绝口，男方对女方巧手做成的布鞋更是欣喜异常。这布鞋不是一般赠送老人的布鞋了，它有特殊的意义，被仫佬族人称为"同年鞋"或"定情鞋"。据吴才珍《仫佬族风情志》介绍，心灵手巧的仫佬族妹子在给情人做同年鞋时，常常会用针刺破手指，滴两滴处女的血在鞋子里，表示对爱情的坚贞。这两滴血，在布上洇成两朵动人的鲜花，姑娘一生的心事和梦想都印在这两朵花上。花儿被藏在鞋子中间，并没有外露出来。仫佬族是个情感特别含蓄的民族，在这些细节上，我们不难感受出来。男方用山歌来表达他们对同年鞋的珍惜之情：

见妹鞋子做得乖，

一针纳去一针来，

鞋底纳成龙船样，

鞋面绣起凤凰台。

穿鞋走到岔路口，

眼望鞋头双泪流，

穿上新鞋又叹气，

一脚一步一回头。

女方明白男方的心事，于是给他们吃一颗定心丸，也表达了自己的心愿和对爱情的渴望：

新鞋面上插绣球，

劝哥莫要再回头，

鞋穿烂了妹再做，

双双丢进哥门楼。

后面一句可谓意味深长。爱情至此，已酒味芳醇。他们开始设想未来美满的生活，构造一幅幅感人的图景：

有缘我俩共家住，

无米吃水也宽心，

落雨同双去种菜，
天晴同双担水淋。

有缘我俩同家住，
慢做世界慢亮心，
一碗冷饭分做两，
一条白布同哥分。

有缘我俩同家住，
同双一路去耙田，
双打前头背耙去，
我在后头把牛牵。
真是好，
我耙一边双一边。

有缘我俩同家住，
正忧命短不忧穷，
若是穷来做米贩，
双挑白米我挑糠。
真是好，
夫妻生活乐融融。

仫佬族有走坡自由谈恋爱的习俗，但是，一旦涉及婚姻，男女青年便没有主动权,还必须按照"父母之命,媒妁之言"的老套路进行。这样的现实,势必造成了一些悲剧。真正相爱的恋人,可能会因为家庭的阻力,或者八字不合等因素最终无法走到一起来。他们甚至选择了殉情。在走坡的后阶段,产生了《莫想歌》《猜疑歌》《出走歌》等十分无奈的歌。其间也穿插了《铁心我俩共白头》这样感天动地的爱情誓言歌,可谓一吟三叹。这样的誓言,把爱情的悲剧映衬得分外动人,仿佛森林里的最后一束火焰,夜空深处的最后一颗流星,那样宝贵的光芒,是何等的让人感叹!

生不离来死不离,
我俩死,
共堆泥。
丢石下河,
石浮水面慢分离。

石灰里面打筋斗,
哥连妹,
到白头,
人活情在,
就怕命短把情丢。

生不丢来死不丢,
我牵妹,

看水流,

水若倒转,

那时我俩慢慢丢。

生不分来死不分,

我同妹,

共一村,

生时共枕,

死时同妹共个坟。

仫佬族走坡情歌环环相扣,妙处迭生,且高度系统化,蕴含着爱情发展的整个过程,由表及里,由浅入深,渐入佳境。多数以日常事物入歌,因为比喻贴切、情感真挚,所以感人肺腑、扣人心弦。艺术的力量往往源于饱满的情感、简单的描述、质朴的表现,而不是复杂的阐释。山歌减轻了他们肉体的痛苦,驱散了他们内心的寂寞,是一个民族超越苦难的金色之羽,至今仍然闪动着神奇的灵光。仫佬族是一个如此热爱山歌的民族,我们在这里找到他们热爱的理由了。仫佬族的走坡情歌艺术性高,文化信息含量大,堪称这个民族的瑰宝,也是社会人类学家研究仫佬族人情爱文化特征和发展历程的样本和丰富宝藏。

旷野寻风

历史册页中的东兰

——东兰走笔系列之一

如果翻开广西历史的册页，雷鸣电闪与慷慨悲歌无疑是两道动人的风景。这两道风景，有意无意间映亮了一个地名，它就是东兰。东兰的意义在于它孕育了具有变革思想的人物和成就了人类为理想而战的一个成功的个案，从某种意义上来说，东兰是广西近现代史的一个缩影。这段历史包含了广西底层人民不满于被压抑和禁锢，为追求人的解放、社会的平等、公民秩序的形成等文明社会应具备的条件所做的努力，以及所经历的一切挫折和挣扎。

我在东兰看到过一副对联："先辈谋大同碧血题青史，后昆建小康丹心绘蓝图。"内心隐隐为之所动，因而记忆深刻。这副对联对东兰的历史有高度的概括性，同时也表明了东兰当下的志向。

一切还得从历史追溯。

一个地方出现了一个伟大人物，不是从石头里蹦出来的。不像孙悟空一样，"呼"的一声就出来了。出人物是需要文化土壤的酝酿，需要时代的激情和历史的选择。

古人有云："天将降大任于是人也……"所以，出人才，也许也是天意。

史载：嘉靖五年（1526年）明朝廷发八万大军讨伐岑猛，决战于工尧隘（今田阳境内）。岑兵败，其子岑邦彦战死。猛投归顺知州其岳父岑璋，璋慑于朝廷敕令，设计将猛药死，传首南宁。

数年之后，岑猛之妻瓦氏夫人请求代年幼的曾孙挂帅出征。朝廷封其为"女官参将总兵"，统田州、东兰、归顺、南丹、那地等土州"狼兵"（也称"俍兵"）六千多人到江浙抗倭。瓦氏夫人转战松江府、江苏、浙江等地，参加了金山卫、漕泾、陆泾坝、盛墩、王江泾等战役，立下显赫战功，被誉为"石柱女将军"。朝廷诏封其为"二品夫人"。

抗倭享有盛名的是田州瓦氏夫人，然而早在瓦氏夫人之前，东兰的子弟就走上了抗倭的前线，为民族和国家建功立业。

明正德四年（1509年），倭寇侵扰剽掠广东惠州、潮汕等地，东兰知州韦正宝奉调征剿，"身先士卒，勇于就义，劲气忠肝，秋霜烈日争严，矢石亲冒"，次年在九连山受箭伤，"薨于惠州行营"。之所以用"薨"字，是因为韦正宝获封"平北伯"。当是时，其子韦虎臣年仅十五岁，率领在营的"狼兵"，头扎白巾，三人为伍，三伍为什，用大刀、梭镖、竹尖对付倭寇锋利的倭刀。其奋勇突阵，力斩敌酋，大破九连山，全歼敌寇。自此，韦虎臣一举成名。明皇赐匾"哀孝忠勇"，声震朝野。当时的沿海民谣唱道："将如虎，兵如狼，敌寇尽丧胆，卫国保家邦。"明帝嘉曰："今得虎臣和狼兵，东南沿海无忧矣！"

正德十一年（1516年），韦虎臣率士兵五千之众，击溃倭寇于雷州，聚歼于海南。从海南得胜收兵回归时，韦虎臣在广东被奸臣冒功设宴毒死。

嘉靖三十四年（1555年）三月初，韦虎臣之子韦起云奉命与田州瓦氏夫人带领"狼兵"抵达抗倭前线，在浙江嘉兴、石塘湾、王江泾与倭寇鏖战，歼灭倭寇三千余人，后又在陆泾坝战役中斩获倭寇三百余首级，烧毁倭船三十余艘。

隆庆三年（1569年），韦起云的儿子东兰土司韦应龙率部出征广东南海卫（今东莞、大鹏一带），陷入倭寇重围，率部浴血奋战，突出重围。东兰"狼兵"杀敌的情形让当时的百姓无法忘怀，朝廷"嘉其忠勇，具奏嘉奖"。至今，留在大鹏的抗倭遗址还映现着那时的刀光剑影。

四代土司，正气凛然，战功显赫。在抵御外侮的征战中，建立功勋，扬我民族雄风。韦虎臣被奸臣毒害后，到嘉靖年间王阳明复出后呈报实情，朝廷追封其为"武夷侯"，重修其墓。其墓规模浩大、气势恢宏，静静偃卧在东兰太平乡纳腊山下。由于时代变迁，风雨侵蚀，早在民国年间，韦虎臣墓就开始萧条，解放之后更是受损严重，几乎被夷为平地。我第一次走进纳腊山下这片草地时曾经在那一带仔细观察。那时这里还是一所乡村小学的草坪，旁边有两棵大树，树下有雕花残碑，显然是古墓遗物。草坪前方的桑林里偃卧着一些碑刻（字迹多数漫漶不清），其中一块曾被当地居民用作门槛，至今留有门槛凿痕；刻有花纹和八卦图案的条石零星散落在荒草丛中；最引人注目的是各种石雕的动物，诸如马、猪、麒麟、象、狮等，有些还完整，大部已经残缺。当地老百姓介绍说，这些都是韦虎臣墓的东西。原墓地立有明代皇帝旌表碑铭两座，有石门，门前有一对石雕武士持刀守护。韦虎臣陵墓用数百块精雕细刻了各种花纹图案的条石砌成，墓道两旁立有石狮、石牛、石鸟、石人等数十具，形象栩栩如生。在附近的一座小岭上可以找到韦正宝墓。墓很低矮，前面立有一块碑，碑上有一个碑盖，整个坟墓的形状像是一只昂首的龟。不知道坟墓原来的规模如何，反正现在就余下这么一土丘了。墓碑倒是旧物，不像是后来重做的。看来封建等级秩序的确森严，作为父亲，韦正宝的坟墓与儿子的坟墓规格上简直是天壤之别，韦正宝没有获得封侯（韦正宝曾随两广巡抚邓廷瓒平息都匀战乱，亲手擒获其首领，有功于朝廷，封"平北伯"）和赐葬，所以尽管他是韦虎臣的父亲，也只能如此。韦虎臣的坟墓规格较高，显示出一个王侯的霸气，但终究也经受不了历史的颠簸，富丽堂皇的王侯墓已夷为萋萋芳草地。那些曾经守人间忠勇的石人、石马，像雀鸟一样星散而去。我们这些后来者，也只能望石而叹。在纳腊山的风中，谁人在寂寞地诉说往事？谁人在打马路过时悄然下马，抚石马而沉吟？一切的辉煌，都是暂时的，荣光也是短暂的。

我第二次走进这片草地，小学已变成幼儿园。那些石马、石兽已被收集到幼儿园的一间教室里。教室旁边多了两块碑，一块是《重修韦侯墓记》，另外一块是《明故东兰州牧韦伯正宝墓志铭》。字迹有点模糊，不认真辨认还真的辨认不出来。

东兰韦氏土司的抗倭壮举中，毗邻的那地罗姓土司、南丹莫氏土司都派劲旅参与。这些土司组建的军队被称为"狼兵"，在抗倭战场上骁勇异常。英勇善战的精神加上连年的征战，磨炼了他们的战斗力，使他们在抵抗外侮的时候始终保持了昂扬的士气，展现了中华民族的坚强力量。他们不应被历史遗忘。尽管皇帝征召他们可能另有其特殊意义，我们难以猜测，但"狼兵"的骁勇善战却是有口皆碑的。当时江苏、浙江、山东的官军屡战屡败，"狼兵"的到来才让他们有了获胜的把握。他们的精神总是在幽暗的地方发出灿烂的光芒，显示出独特的价值。晚年王阳明抱病到广西挂印平定卢苏、王受之乱，首先想到的就是东兰"狼兵"，人未到邕垣，先行檄韦虎臣的弟弟韦虎麟，命其精选东兰"狼兵"三千名赴军门听用。有哪些可用的力量，这位深谙心学的主帅是相当清楚的。对土司部队来说，历史也给了他们机会。他们不断走出大山，开阔视野，眼睛明亮，渐渐形成一种精神来。他们在抵御外侮时体现出来的同仇敌忾和爱国精神是不可战胜的。爱国守土，丹心昭日月。

明代东兰的抗倭事迹对那片土地是有激励作用的。一个穷山沟，同样有气魄担起抵御外侮的责任，也同样能走出惊天地、泣鬼神的人物。尚武、忠诚、以国家利益为重、不顾个人安危，这些优良的品质在东兰人的血脉中被一代代传承，涌动为一脉像红水河一样强悍的激流。韦虎臣抗倭寇的故事，深深感染了后来的韦拔群。银海洲，韦虎臣当年的跑马场和演武厅，后来韦拔群也在这里召开革命同盟会议。这不是简单的重复，这是一种革命精神的延续。这种精神是深山里的剑锋夜鸣，是金戈铁马的英雄豪气，从来没有消失。远远望去，银海洲现在只剩下一片荒莽的草地，但是，它是永不沉落的银海州。银海洲是一把历史深处的火，它照亮了东兰农军、右江革命，照亮了韦拔群不满禁锢的抗争和铲除一切不平的理想。同时，它也是一把点燃了中国农民运动的具有前驱意义的火。苏醒的人民的力量，在银海洲低低地狂吼。谁要是禁锢了人性，造成社会的不平，这里就会激发出火焰。韦拔群参与革命的出发点是那么纯粹、伟大，他不为一己之私，而是为了寻求大多数人获得自由和解放的途径。他破尽家财为革命，甚至献出整个家庭，乃至生命。他的口号是"快乐事业，莫如革命"。有政治痼疾的地方就有变革的要求，有摧残人性的地方就有解放的动力。韦拔群正是为这样的要求和动力而来。他属于任何一个时代。红水河岂能呜咽？木棉花岂能失去光彩？铜鼓岂能藏在黑暗的山洞里？他的吼声，是中国大多数人的吼声。因此，他才会让那些总是想守住既得利益的贪婪者深深恐惧。

岩洞里的东兰

——东兰走笔系列之二

我在东兰武篆列宁岩的宣传窗里读到韦拔群写给他的朋友覃瑞五的一封信,信是1924年4月5日他去广州农讲所学习前写的。信里流露了他的志向,"人民虽受重大损失,然其心不死,革命时日不断,强权虽猛,公理尤刚"。这是他的民本思想:主张人人平等。对封建世袭思想深恶痛绝。他还说:"去之目的必在求学,学到用时方能少恨。不然人生世间等于与鸡犬争食耳。"的确,如果没有理想追求,活在这个世界上,纵然你餐餐燕窝鲍鱼,也无非是在跟鸡狗争抢东西吃而已,高贵不到哪里去。韦拔群搞革命不为衣食,他家境殷实,若是需要物质享受的话,根本不用走上这么一条道路!他非常清楚怎样的人生才有意义。他是个勇士,更是一个思想者,一个理想主义者。他无私无畏，方向明确。

　　我到过列宁岩好几次了，深感这个岩洞蕴藏的力量。如果洞里藏有一坛酒，那一定是芳香千载的，红红的革命酒。列宁岩原名北帝岩，韦拔群的革命活动是从这里开始的。这个山洞，记录着一幕幕的历史往事。原来洞中供奉的北帝就是真武大帝。民国十一年（1922年）3月30日，那一天是农历三月初三，武篆的热血青年韦拔群、黄大权、陈伯民等11人在北帝岩召开革命同盟会（"三三同盟"会），讨论通过了《敬告同胞》，并以"中国国民党广西特别党部"名义印发广西各地。这篇文告语言生动，把中国积贫积弱的原由分析得十分透彻。文告是他游历全国几年所看到的和想到的，用今天的话来说，很接地气，并不是闭门造车。《敬告同胞》向工人、农民、学生、商人、士兵、绿林豪杰发出了呼声，号召他们觉悟起来，加入时代的变革。非常难得的是，通篇文告语言不呆板，文风灵活，还运用了口语，可以看到强烈的情感流露，具有很强的感染力，不像后来的一些文章，全是框框条条。从这些地方我们可以看到革命先贤从事革命的"率真"。他们为心目中的理想而奋斗，因此，经历任何艰险都无怨无悔。

　　东兰出了很多将才，但至今人们最为怀念的还是韦拔群。正是因为他给后人留下了很多思想的精粹，他的事业具有强大的开创性。历史总是会记住与众不同的人。韦拔群做的事业，超越了一己之私，完完全全是为了大多数人的利益，他憎恨社会不平等的秩序，有决心荡涤旧时代的封建恶习，他渴望开创一个新的世界。事实上，他做到了。韦拔群开创的东兰农会"各男女会员，日间去耕作，夜间到补习学校，毫无倦态"。"现在有组织之农民领域内烟赌已绝迹。路途行走皆坦然无事，组织比较严密之武篆、兰泗丙区，直可以夜不闭户。"这些都是当时的文献资料描述的。这不就是一个新世界吗？他的开创精神，就是红水河的精神，他的精神诉求，就是红水河的诉求。金城江公园革命烈士纪念碑前的那个手按驳壳枪的英雄雕像，显然不能全部展现韦拔群的精神气质。他四处求学，出入军旅，上下求索，视野开阔，思想敏锐，有勇有谋。在那个时候，他是农民运动的先驱，与他齐名的有陕北的刘志丹、广东沿海的彭湃。毛泽东都说过他搞农民运动是受到了韦拔群的启发。

他的革命履历我们有必要在这里稍作回顾，不然无法支撑上述观点。

韦拔群（1894—1932），原名韦秉吉，后改名韦拔群。东兰县武篆区东里村人。东里是个独特的地方，有三眼潭水从地底涌出，号东里三潭。潭里出泉，源源不息。这似乎暗示着革命者韦拔群的思想和革命精神将生生不息。潭也有幽深之处，所以，思想的深邃也可想而知。拔哥（东兰人民对韦拔群的亲切称呼）生长在富裕人家，从小就乐于助人，常常以衣物粮食接济贫困的小伙伴，赢得了大家的称赞。一种优良的品行的确会在一个人幼小的时候便显示出来。

韦拔群早年考入庆远府中学堂读书，因拒绝给举人出身的校长祝寿而被开除。不久，他又考入桂林法政学堂，因不满学校迂腐的教学内容和教学方法愤而退学。在教育司司长到学校视察时，他率性地以摔帽子进行抗议。离开桂林法政学堂后，韦拔群回乡变卖部分家产，筹资游历长江流域和珠江流域，先后到过武汉、南京、上海、广州等大城市，拓宽了视野，也认识了中国的现状。主动接受外界风气的影响和熏陶，无疑显示了他的过人气概，也培养了他敏锐的洞察能力和形势掌控能力。当时在地方上恐怕很难会有人理解他这样的举动，就像明代地理学家徐霞客早年也是变卖家产，外出考察山水，当地人视之为败家子，却哪里知道他会写出惊动世界的地理学名著《徐霞客游记》？看来，伟大的人物必有过人之处，不甘心庸庸碌碌待在一个地方吃喝直到老死。人只有增长见识、开阔眼界，才有可能产生博大的思想。韦拔群正是这样的人。

1916年，袁世凯公然称帝，云南率先成立讨袁护国军，韦拔群变卖家产，筹资招募家乡100多名志士前往投军，当时南丹（时称那地）有个军人叫熊克丞，在护国军中任职，韦拔群就投在熊部。1917年，韦拔群入贵州讲武堂学军事，毕业后在驻重庆的黔军任参谋。这个时候，他开始阅读《新青年》等进步书籍，并以"愤不平"为名广泛张贴传单，还在进步书刊盖上"愤不平"印记，寄赠东兰好友，以示他要铲除人间不平的志向。后引起军部查究，韦拔群毅然弃职出走。"愤不平"三个字，是韦拔群参加革命的出发点。这三个字映现着一抹古代侠义精神色彩，"哪里有不平哪里就有我""路见不平，拔刀相助"。这跟他从小受到的教育有关，也跟东兰的历史有关。

1921年9月，韦拔群再次外出游历后回到东兰。这期间他在广州加入了"改造广西同志会"，思想上有了进一步提升。回乡后的韦拔群召集进步青年组织"改造东兰同志会"，并建立了国民自卫军。1922年3月，韦拔群联合陈伯民等共同制定东兰早期农民运动的战斗纲领《敬告同胞》。1923年初夏，韦拔群将"改造东兰同志会"改为"东兰公民会"（后改名为农民协会），同时在东兰县武篆、西山等地以国民自卫军为基础建立农民自卫军（以下简称农军）。按照毛泽东的说法："我们党从1921年成立直至1926年参加北伐战争的五六年内，是认识不足的。那时不懂得武装斗争在中国的极端重要性，不去认真地准备战争和组织军队，不去注重军事的战略和战术的研究。"而韦拔群早在1921年秋，已建立国民自卫军，接着组建农民自卫军。在这一点上，韦拔群站在了当时农民运动的高点，开了中国现代早期农民运动走上武装斗争的先河，充分表明了韦拔群早期农民运动思想的前卫性。这些资料和观点，已经出现在历史学家黄现璠先生的作品《韦拔群评传》之中，权威性自不必说。历史学家还分析说：这无疑是韦拔群早年吸收马列主义学说主张的"社会革命"思想成果，是他喜读《新青年》与直视东兰农民现实的双重心得。

1923年7月1日和31日，韦拔群率领农军先后两次攻打东兰县城，但都因武器低劣、准备不充分和行动不协调而失利。10月下旬，韦拔群率领农军共1500多人第三次攻打东兰县城告捷。这就是历史上有名的"三打东兰"，它极大地撼动了东兰县旧势力和土豪劣绅的反动统治。

1925年9月，韦拔群在北帝岩创办广西第一届农民运动讲习所（简称农讲所），学员276人，分别来自东兰、凤山、凌云、百色、河池、都安、果德、奉议、恩隆、思林、南丹等11个县。那时候东兰的农民运动已经开展得有声有色，所以学员们学习的积极性相当高。有米的背米来，有钱的拿钱来，有柴火的扛柴火来，全靠自力更生。韦拔群更是把私人田产变卖殆尽，以事供给。他跟学员们同吃同住，下河打鱼、捞虾，上山砍柴，就是为了补充给养，维持讲习班的教学任务。他从家里带来一床毡子，冬天的夜晚让给学员们轮流盖，有时他自己就蜷缩在火堆旁边。天寒地冻的深夜，他就是这样守护着革命的火种。火焰的影子，在北帝岩的洞壁上摇曳。

开办农民运动讲习所，这对当时的广西来说，的确是个壮举。韦拔群认识到革命需要人才的储备，他先后举办了三届农讲所，亲自担任教员，共培养了600多名农民运动骨干。这些学员，把北帝岩的革命火种带到了右江各地，农民运动的火焰到处燃烧。

广西农民运动讲习所，是右江革命的火种，是百色起义红七军的重要力量源泉。参加过百色起义的右江独立师政委陈洪涛、师政治部主任陆浩仁、师参谋长黄大权，二十一师独立团团长黄书祥以及后来的韦杰中将、覃健中将等，都曾是广西农民运动讲习所的教员或者学员。

1926年2月，土豪劣绅与反动军阀制造了震惊广西省内外的"东兰农民惨案"，农运骨干和革命群众500多人被杀害。韦拔群利用当时国共合作的时机，调动多方积极因素，以一篇充满力量的《请看盗阀官僚劣坤土豪烧杀东兰农民之惨状》的快邮代电向外界揭露惨案的真相，在舆论上获得广泛支持。在这篇短文中，韦拔群表达了对东兰农民惨遭军阀官僚、劣绅土豪杀戮的悲痛之情，提出了严正的惩办要求。同时，也明确自己救东兰人民于水火的初衷。"忖思拔群等本爱国爱民之热忱，努力农民革命工作，不惜以个人私财，创办农所，何等光大，何等热烈，口碑所传，童叟咸欣。"他所从事的事业，是光明的事业，是光大、热烈的事业。迫于压力，广西省政府被迫两度派出调查组前往东兰调查，澄清事实，最后，屠杀农民的刽子手受到惩罚，东兰农民运动的合法地位也得到承认。整个过程，韦拔群在错综复杂的局势中表现了非凡的应变能力。他的确是一个有勇有谋的革命者，一个充满智慧的农民领袖。1926年12月5日，中共中央局根据中央农委书记毛泽东提供的农运情况，在给共产国际的报告中，高度评价了韦拔群领导的东兰农民运动。其中就提到"东兰惨案"之后，经韦拔群的努力，又将东兰农民组织好。"韦同志在东兰已成了海陆丰之彭湃，极得农民信仰。"这样的评价，足以看到韦拔群在当时中国农民运动革命中的重要意义。这种敢为天下先的精神是河池子弟特别要铭记的,也是特别要发扬的。

当时就有民歌将拔哥传唱——

天上有颗北斗星,东兰有个韦拔群。北斗星星照大地,拔群哥哥为人民。启明星子带福兆,革命带来好福音。天上有颗北斗星,东兰有个韦拔群。北帝岩里办农所,魁星楼下立农军。北斗星星照大地,拔群哥哥为人民。

1929年12月,韦拔群组织东兰、凤山两个县的农民自卫军参加了邓小平领导的百色起义,被编入中国工农红军第七军第三纵队,韦拔群任纵队长。韦拔群成为百色起义的领导人、中国工农红军第七军和广西右江革命根据地的创建者和指挥员之一。

1930年11月,红七军奉命离开右江,集中到河池六甲一带整编,根据中共中央指示精神和全国红军统一番号,将红七军和龙州起义建立的第八军余部改编为红七军第十九师、二十师和二十一师。第十九师和二十师北上攻打大城市,第二十一师留守右江革命根据地,韦拔群任第二十一师师长。韦拔群坚决地接受了军前委的决定,把自己从东兰、凤山带来的第三纵队2000多人马、武器,几乎全部交给第十九师和二十师,自己只带着印有二十一师番号的一面旗帜和七八十名老弱病残的部下回东兰。即将北上的东兰、凤山子弟哪里舍得离开追随多年的拔哥,他们纷纷拉住拔哥的手。拔哥专门作了动员报告,劝他们顾全大局,随军北上。他动情地说:"革命者处处是故乡。"这是何等超迈的气度!何等坦荡的胸襟！在分别那天晚上，月色很好，张云逸军长亲自为韦拔群送行，他们在月光中携手，叙说着革命战友的深情和对未来的向往，走了很远很远。韦拔群最后又回送一程，河池的山川和晴朗的夜空应该会为那一夜动容。在之后不到两个月的时间里，韦拔群以非凡的组织能力重组红二十一师——组建第六十一、六十二、六十三团三个团和一个独立营，共3000多人。

红七军二十一师改为中国工农红军独立第三师（又称右江独立师）以后，以难以想象的勇气和智慧挫败桂系军阀前后三次血腥的"围剿"。桂系为什么会声嘶力竭，动用庞大兵力和现代化武器，一心一意要扑灭红二十一师，原因只有一个，那就是——这种蓬勃生长的力量太让人恐惧了。韦拔群给他刚出生的儿子取名"坚持"，以勉励军民坚持斗争、战斗到底。

1931年11月7日至20日，中华苏维埃共和国第一次代表大会在江西瑞金召开，因为敌人的严密封锁和山川阻隔，韦拔群没有到会，但是，韦拔群依然被选为中华苏维埃共和国临时中央政府执行委员，委员会主席是毛泽东。可见，韦拔群领导的革命斗争，已成为不可忽略的存在。

1932年10月19日凌晨，身患疟疾的韦拔群在东里屯对面山的香刷洞被叛徒韦昂杀害，年仅38岁。山上的夜晚极其寒冷。有人说过，所谓智者都恐惧三样东西：风暴中的大海、没有月亮的夜晚，还有性格温和之人的愤怒。韦拔群是个智者，他当然也有这三样恐惧。风暴中的大海他是经历过的，什么大风大浪他都挺过来了。性格温和之人的愤怒不知道他遇到过没有。但是，没有月亮的夜晚他遇上了。韦昂是他的侄儿，在严酷的斗争中把持不住，出卖了自己的灵魂。在那个没有月亮的夜晚，就连枭鸟也停止了聒噪的夜晚，韦昂杀害了自己的叔叔韦拔群。革命，也是一场人性的考验，其结果是忠奸呈现。桂系军阀将韦拔群的头颅用药水浸泡，送到南宁、桂林、柳州、梧州等地示众。为了革命，韦拔群真正做到了"抛头颅，洒热血"。

家乡东里屯的村民冒着生命危险到香刷洞将韦拔群的遗骸背回，安葬在他的故居特牙山上，为了掩敌耳目，在坟上盖一座小庙，叫特牙庙，当地人知道这座庙的都称其为"红神庙"。至今，庙依然在，绿树如荫。尽管新中国成立以后他的遗骨已迁葬东兰烈士陵园，但人们仍然保留这座庙，保留那一抔隆起的土，每到清明，都来祭扫。

庙的上方，有一排整齐的坟墓，恐怕有十多座，坟墓里安息的都是韦拔群的亲人，他们为了革命，都献出了宝贵的生命。1962年12月，邓小平对韦拔群的总结非常到位："韦拔群同志以他的一生献给了党和人民解放的事业，最后献出了他的生命。""他永远是我们和我们的子孙后代学习的榜样。"同样，与他并肩作战过的张云逸将军这样评价他："他在长期与敌人斗争中，对党的事业无限忠诚，对劳动人民无限热爱，英勇顽强，艰苦朴素，不怕困难，不怕牺牲，为党为人民流尽最后的一滴血……"

历史学家黄现璠对韦拔群的评价也颇具代表性。他在学术专著《韦拔群评传》中说："韦拔群不仅是一位农民运动领袖，还是一位伟大的历史人物，他既是时代的产物、社会的产物、革命的产物，更是他生于斯长于斯的那方水土和那方文化的产物。"黄先生对"那方水土"也有高度评价："……流经韦拔群家乡的红水河……素有壮族母亲河之称……她那红绿交替的色彩重墨着壮族厚重的历史的文化积淀……"

也因为如此，韦拔群的精神是红水河畔的一盏明灯，永远不会熄灭。无论时代如何更改，为大多数人谋求自由的献身精神和牺牲精神是无上高贵的。百折不挠，在逆境中绝不低头的英雄主义是值得人讴歌的，是足以载入史册的。打破禁锢人心的旧秩序，追求人生的平等，建立美好的家园则是任何时候人类之所以成为人类的基本诉求。因此，河池这块土地能够诞生韦拔群这样的人物，的确是值得骄傲和自豪的。河池人无论走到哪里，他们都不会忘记拔哥。他们血液深处奔腾着的一种力量，或多或少跟韦拔群有关联。

从河池走出来了很多将军和士兵，他们为了民族的解放，贡献了自己的力量。韦拔群，是他们的榜样和精神动力。

从东兰走出来的将军们，比如共和国上将韦国清，中将韦杰、覃健，少将韦祖珍、覃士冕等回到东兰，第一件事肯定是到韦拔群墓前鞠个躬。这不是形势的需要，而是精神的认同。将军们辉煌的业绩已让人肃然起敬，他们的这一举动，更显示了他们的英雄本色。

如今的东兰，对韦拔群的怀念依然不减。东兰人民兴建拔群广场和韦拔群纪念馆，用以永远纪念这位杰出的中国人民解放军早期将领，这位壮族杰出的领袖和英雄。他的革命精神和光辉事迹，将永远鼓舞着后来者。

如今，到东兰参观的人都会去列宁岩缅怀那一段艰辛、热烈、光大而神圣的历史，去体味拔哥"快乐事业"的真正含义。在最艰难的时期，革命同志躲在岩洞里，保存革命火种。韦拔群的一生都和山洞有关，他在自创山歌中说："志在高山火样热，身居黑洞学马列。"他最后牺牲的地方也是在山洞。从列宁岩折射出来的光芒照耀了寰宇，从香刷洞透出的沉痛也震撼世人的心灵。岩洞的空间是有限的，但是，光明和精神境界却是无限的。

由是观之，岩洞里的东兰，是能量和高度的积累，是不平则鸣，是雷鸣电闪，是不懈探索，是艰苦奋斗，是洞里乾坤大，壶中日月长。

石头上的东兰

——东兰走笔系列之三

东兰的石头上有故事，东兰的石头会唱歌。作为一种重要载体，石头记录了东兰的历史，石头上浮动着那个遥远的东兰的传奇。石头上的东兰，不乏温文尔雅、智慧灵动，不乏奇气横溢，以及激荡九州之风雷。

在东兰为数不多的山水诗中，有一首《石马吟》，是无名过客经过韦虎臣墓时留在石马上的。诗云：

石马连鞍在腾休，古人曾制几百秋。风吹玉体毛不动，雨洒浑身有汗流。嫩草满蹄难下嘴，铁鞭百打不回头。可惜立身雄壮志，天作倚栏夜不收。

表面咏的是石马，实则是咏韦虎臣的坚定信念和豪壮精神。"天作倚栏夜不收",寓示着韦虎臣高远的志向。这些诗句,暗含着东兰人所崇尚的人生境界。

在东兰县城近旁的山上有著名的石云洞和仙女岩。光绪十六年(1890年)东兰州牧卜永春在洞里分别题诗。其《咏石云洞》云:

山径曲通佛寺边,穿开石壁画楼前。洞深自古多云气,消夏寒生别有天。

《咏仙女岩》云:

传闻弦管偶喧哗,仙女逢时貌似花。岩壑当年留胜迹,至今唯有古烟霞。

我想,读过这两首诗,对于东兰山洞里氤氲的云气、岩壑上灿烂的古烟霞一定难以忘怀。山川毓秀,云蒸霞蔚。处于红水河中游的东兰,自然是奇景天成,美不胜收。

在东兰武篆魁星楼,有一块著名的石碑——光绪三十三年(1907年)所刻《创建魁星楼记》。这块石碑开头就说:"世界之奉神明者有二端,有奉其体魄者,有奉其精神者。野蛮之国奉其体魄,文明之国奉其精神。何也?野蛮国所奉神明者,塑其遗像,日夜焚香以祝曰:'庇荫我,保佑我,使我家产富有,寿考日宁。'文明国之奉神明则不然。所奉乎神明者,怀其德,畏其威,虽塑其遗像,不过立其仪容为后世之目的,使后之人观此仪容则曰:'此神而明之人,吾当效之崇之拜之。'故文明国奉其精神，野蛮国奉其体魄，信而有征也。"地方人士为了文化的兴旺发达，倡议兴建魁星楼。

在楼上供奉魁星神像，意在吸纳天地山川日月星辰之灵气，营造崇尚文化的氛围，以激励青年才俊的养成。楼中层供奉造字始祖仓颉塑像，楼下设广西乡贤陈弘谋牌位及东兰乡贤潘乙震、覃文表两公牌位。从上面引用的碑文看，我们不难明白这座魁星楼供奉的是精神。虽然精神也有其作为载体的塑像，但是，其旨在于"怀其德，畏其威"，然后"效之崇之"。后来从魁星楼下出发走向广阔天地的武篆才子的确不少。韦拔群、陈洪涛就是其中杰出的代表。

让魁星楼遐迩闻名的是，邓小平与韦拔群在这里第一次握手，标志着东兰土地革命运动的开始。邓小平进驻魁星楼，右江苏维埃政府在这里挂牌办公，使魁星楼成为右江革命根据地的指挥中心。张云逸、李明瑞、陈豪人、雷经天等出入魁星楼中。一时风云际会，群英荟萃。慢慢地，在广西人民的心目中，东兰魁星楼就是革命精神的象征，魁星楼的灯光是革命不灭的星火。非常有意义的是，今天我们纪念韦拔群、陈洪涛等革命先贤，正是纪念他们的革命精神。正如碑中所言，只有文明的国家才会纪念精神，野蛮的民族只会供奉体魄。

在《重修韦侯墓记》这块石碑上，我们读到这样的句子："邑人谣曰：'文王有灵台灵沼，今韦侯有灵墓灵堂'。"谣语里把韦虎臣与周文王相提并论，可见韦虎臣在东兰人心目中的崇高地位。民谣是民心自然流露，极有说服力。我们查阅史料得知，灵台是周文王营建丰邑时所修建，按照《诗经》记载，修建的时候许多老百姓都来帮忙，很快就建好了，文王深得民心于此可见一斑。在修建灵台同时，引注沣水以建灵沼。灵台的建造表示一个国家机制的完善，灵台的功能据各种史料记载是一个集观察气候、制定律历、于民施教、动员战争、占卜大事、庆祝大典、会盟诸侯等多功用场所。三千多年过去了，古灵台依稀残迹犹存。这座灵台可以说是西周文化和文王德政的一个缩影。

《孟子·梁惠王》有云："文王以民力为台为沼，而民欢乐之，谓其台曰灵台，谓其沼曰灵沼，乐其有麋鹿鱼鳖。古之人与民偕乐，故能乐也。"古代的德政，至此可称极致。

从谣语分析，武夷侯灵墓灵堂的建设一定也是"民欢乐之"，大家对他的拥戴，就像古人对周文王的拥戴一样。韦虎臣在任期间勤政爱民，人格魅力光芒四射，他甚至不惜牺牲自己的生命，为国家建功立勋，种种我们可以想象得到的情形呼之欲出。

无独有偶，《庆远府志》有一段韦虎臣弟弟韦虎麟的记载。韦虎臣去世的时候他的儿子韦起云尚幼，于是由他的弟弟韦虎麟承袭土司之位。"虎麟颇读书，知大义，继兄立，族目无闲言。慕汉人衣冠文物之盛而窃效之，椎结之习一变。嘉靖七年，奉总督王守仁檄，调随右参将沈希仪扑剿八寨下巴中寨瑶贼韦召蛮等。十年，虎麟病，仍以起云袭，说者谓有宋穆公之遗风。"

前面说到东兰人把韦虎臣与周文王相提并论，现在，人们又把他的弟弟韦虎麟与春秋战国时期另一位圣君宋穆公相提并论。如此说来，他兄弟二人大有古仁人之风，堪称那个时代道德的楷模。他们能够成就一番功业，是与这种道德底蕴有关的。东兰人要寻找传统，需要在这些地方找。

宋穆公又是怎么回事呢？宋穆公，宋国第十四任国君，在位9年（公元前728—公元前720）。他是宋宣公之弟，宋宣公病重时，把王位传给了他，而不是给自己的儿子与夷。到了宋穆公病重时，他召来大司马孔父嘉对他说："先君宣公舍太子与夷而立我，我不敢忘。我死，必立与夷也。"孔父嘉说："群臣都愿意立你的儿子冯啊。"面对这样的顺水人情，许多人都抵抗不了，假装推脱一番就笑纳了。但是，宋穆公不同，他是君子。他毫无商量地说："不要立冯，我不可以辜负宣公。"宋穆公还让自己的儿子冯到郑国居住，以免立与夷之后生出什么事端来。后来穆公去世，果然把王位传给哥哥的儿子与夷，是为宋殇公。

宋穆公传位给宋宣公之子与夷，而没有传给自己的儿子冯，被认为是遵循道义的典范。或许在今天看来，宋穆公的做法太"迂腐"，但是我认为，正是这种"迂腐"，才是中华民族得以在地球上存在的理由。不讲道义，没有信用，一味只顾自己，中饱私囊，贪得无厌，正是一个民族走向衰败的前兆。

东兰土司韦虎麟，因为哥哥去世时侄儿尚小，承袭了土司位。等到他病重时，又把土司位让侄儿承袭，而不是由自己的儿子接任。这真是宋穆公的遗风在明代桂西北大山深处的东兰土司境内吹拂。出现这样的情况，韦虎臣、韦虎麟兄弟手足情深自不必说。韦虎麟的高贵品质也是呼之欲出。有了这种古仁人的精神存在，谁敢说广西是南蛮未开化之地？在很多方面，广西自古以来都不落后。甚至在某些方面，堪与古代圣王比肩，与日月争辉，敢为天下先，主导世界潮流。

在《重修韦侯墓记》中我们还读到这样的句子："是举也，一见黄夫人慈君训子，一见葵轩君孝以格天，一见兰庶民感恩图报。"这三者，我读出了母教的芳香。韦虎臣夫人非常重视小孩的教育，是相夫教子的楷模。葵轩就是韦起云,他为父亲营造陵墓,孝道感动上天(后来土司韦应龙为母亲祝寿募款修建益寿桥与此相类似)。另外就是东兰的老百姓,知恩图报,纷纷跑来帮忙。这使我想起宏伟壮观的韦拔群纪念馆和宽广明亮的拔群广场。东兰人民正是继承了这一知恩图报的传统,把英雄的丰碑竖了起来。对英雄的敬仰和对英雄事迹的传扬,在这片土地上从来没有消失过。

没有英雄,这里的山川怎么会激荡着浩然正气?

有些石头用来刻写文字,记录山川风景,历史故事,传播嘉言懿行、道德文章。有些石头用来雕刻动物和人物,同样可以流溢生动的气韵和精神的威严与凛冽。

我们都知道,雄伟壮观的韦虎臣墓早在民国年间就已经零落,成、住、坏、空是事物发展的真谛,没有什么物体可以经得起时间的折腾和历史的脚步。韦虎臣墓前那些石人、石马、石兽、石柱、华表已然星散,但是,当我离开韦虎臣的墓地,站在东兰县城韦拔群墓前时,我惊奇地发现一对栩栩如生的明代石狮子。经了解,这对石狮子原来就是韦虎臣墓前的石狮子。我不禁有点惊讶。这一对辗转多时到达拔哥墓前的石狮子经历了怎样的黑风苦雨才抵达这里?它们在大山深处是否迷惑过?是否靠一泓清泉洗亮它们的眼睛?靠山中点点的萤火照亮它们的来路?它们一定看到了时代的变迁,看到了人间的颠簸、折腾。所幸的是,它们在苍茫的大山深处没有走失,它们没有可以伸展相握的手,但它们却紧紧相依偎。它们一直在寻找光明,守护光明,寻找英雄,守护英雄。石狮子一定知道哪一把骨头是人间的忠骨,哪一块凝血是苌弘化碧。石狮子也知道守护人间的忠义和赤诚!通过石狮子无言的迁移和牵系,我在感叹之余无言地想象和思索。人间正道是沧桑，天地无意，石狮含情。两位东兰的英雄堪称异代知己，在精神序列上遥相呼应，在民族基因谱系上一脉相承。两位杰出的壮族英雄都死于"被谋害"，都是天年不永。但是，他们都创造了人间的奇迹。生命虽短暂，光华照大千。就像流星划过天宇，同样可以留下长久的光明。因为这样的光明，早已化为人们内心的光明。

神话和山歌里的东兰

——东兰走笔系列之四

黄现璠的《韦拔群评传》记录了韦拔群的妹妹韦武丁对哥哥的一段回忆："大哥少年时代生活十分朴素，他既不讲究吃，也不讲究穿，不抽烟，喝酒少（除应酬外平常不喝）。他是家中长子，少时得到的零用钱最多，除了买书，用不完的就拿去救济穷人和同学，喜欢干一些破财行义之事。他最看不起那些家庭富裕又喜欢在吃穿上互相显摆的纨绔子弟。听大妈说，大哥少年时的朋友大都是穷人家的孩子，为了不显特殊，让朋友反感而影响朋友感情，大哥喜欢和朋友换穿衣服，经常穿着一身破烂的衣服回到家，搞得家人哭笑不得。父亲、爷爷逝世后他不断卖地，大把大把地拿家中的钱财出去搞革命，从未心疼怜惜。大哥闹革命以后生活更为简朴，一年四季走乡串户宣传革命和领导农运时大多脚穿草鞋，身着的内衣补了又补，他的好衣服都送给了别人，头上总戴着一顶旧草帽。被敌人围困于西山时经常和战友们一道以地为床，穿着用麻绳和老藤捆着的单薄的破衣睡在岩洞和荒岭上，啃吃野菜度日。大哥和战友们能坚持下来，主要依靠的是壮族人自古以来能吃苦耐劳的品质，生活简朴的传统生活习俗以及坚定的革命信念。"

这段回忆亲切感人，对于我们了解韦拔群早年的生活十分重要。拔哥能够这样做，一个富家子弟最后为了革命过上了类似野人一般的生活，完全是因为信念，是信念在支撑着他。正是这个信念创造了东兰的神话。

在东兰的神话传说中，有一个故事叫《三生改河》。故事是这样说的：

三生是个神奇人物，他用棉麻细线在长乐附近牵来座座大山，堵拦红水河，要河水改道，直流大海。他每天外出牵山，母亲给他送饭时，都由家中的小狗在前面引路，三生看到小狗，便把工作停下来，不让母亲知道。有一天，小狗病了，没有跟着母亲来送饭，三生用棉麻细线牵山的情景意外地被母亲发现，母亲情不自禁地说道："儿呀，这么细的线，当心会断呀！"话音刚落，棉麻细线果然应声而断，大山停了下来。三生牵山堵河改道未能成功，反而堵住了红水河的去路。情急之下，他跃入河中，用双手撑开两岸大山，腾出河道，而他也化为红水河的中流砥柱。

这根棉麻细线，就是信念。有怎样的信念就有怎样的世界。古书《淮南子》中就有用细线钓深渊巨鱼的故事，展示的其实就是意念和信念的力量。拔哥就是这个牵山的三生，他在做一件一般人不可能做到的事情。他要牵山拦河，让河水改道，他做到了。最后，棉线断了，他跃入滚滚的红水河中，用双手撑开两岸大山，腾出河道，化为红水河的中流砥柱。韦拔群的革命事业，他的一生理想，他的艰难，他的异想天开，他的牺牲，他成为精神的明灯，成为红水河的中流砥柱，都仿佛是三生改河这个神话的投射。一个人要成就一番伟大的事业，靠的就是信念，以及百折不挠的精神，还有孤注一掷的行动。拔哥是这样做的，也是这样鼓励他的战友的。

有了信念，他才能在月夜翻山越岭。

鞋哪能不耗，踏月走通宵。
鞋哪能不耗，石板走成槽。
大路白匪守，我把山路绕。
鞋哪能不耗，踏月走通宵。
雷鸣雨淋浇，爬山又过坳。
鞋哪能不损，石板走成槽。

韦拔群还用另外两首山歌来表达他的心志：

志在高山火样热，
身居黑洞学马列。
任凭白狗疯狂吠，
不动岿然等明月。
头断血流是正常，

伟业宏志哪能忘。

刀山火海何所惧，

奋不顾身灭豺狼。

有意思的是，韦拔群从小就爱唱山歌，是个民族文化的传承者，尤其精通壮族的勒脚歌。他编写的山歌至今还在流传的不下百首，扎根壮乡瑶寨，成为精神财富。韦拔群编写的山歌之所以有如此强大的生命力，是因为丰富的革命内容和强烈的革命情感，还有就是继承勒脚歌的形式和特点，运用比兴手法，艺术性极高。韦拔群几次上西山，号召壮汉瑶各族兄弟团结起来革命，每次开会都用山歌开场，群众听到山歌声，有的打着火把赶来，有的摸黑赶来。经过几次山歌宣传，西山很快沸腾了，韦拔群组织了一支近百人的农军武装。弄京弄的覃家朝是个有名的歌手，他唱了《去抓龙甫一回先》这首歌，全弄十几个人就跟随他下山，去攻打东兰城。可以想象他们在自己民族荡气回肠的民族歌谣中冲锋陷阵，视死如归的情形！

韦拔群的妻子陈兰芬就是他从歌场上唱来的。两个人的歌艺可以说是旗鼓相当。

陈兰芬永远忘不了拔哥唱给她的那首勒脚歌：

哥若丢地就丢天，

哥若丢妹就丢娘，

双手指天盟海誓，

天塌也要结成双。

我俩写字留喉管，
又刻名字在手掌，
哥若丢地就丢天，
哥若丢妹就丢娘。
哥走哪里哥也想，
牵挂情妹在肚肠，
双手指天盟海誓，
天塌也要结成双。

民间跳脚式的勒脚歌，多数出现在男女离别沉闷悲郁的时候，却被韦拔群灵活地用以为宣传革命服务，这不仅取得了惊人的效果，聚拢了民心，还极大地拓展了勒脚歌表达的领域。韦拔群在很多领域都有天才的阐发与开创性。他激活了传统艺术的现代光辉，为传统艺术注入新的内涵，融入了时代的激情。对民歌新路子的开拓和探索，韦拔群也是先驱者。有山歌的地方很多，但大多数地方的山歌都沉睡在旧模式里一成不变，蒙上厚厚的尘埃，弥漫着腐朽的气息。但是，东兰的山歌经过韦拔群的改动，激发出万丈火焰，因为革命内涵的注入，让这些山歌显示了长盛不衰的魅力。山歌这种传统的艺术形式，最易打动和调动人心，韦拔群使用了这样的武器，收到了惊人的效果。红色的歌谣唱响了那块土地，唱出了农民的心声，唱出了气壮山河的革命力量。可以说，山歌、笔杆、枪杆，是韦拔群把革命事业推向高潮的三件法宝，也是给我们留下的三笔宝贵财富。这三件法宝，创造了革命的神话，也成就了东兰的神话。

秋水文谈

月光下是否打漏一只秋虫

——读王彬《旧时明月》

一卷《旧时明月》，居然读了两个月。其间被太多的世事中断。间或也读一些别的书，作为心理调节。这本《旧时明月》可以说是读得断断续续，欲断还续。书中的历史故事和历史人物，总能告诉你一些新的东西，让你读得津津有味。读这样的文字，首要条件是你必须让自己安静下来。因为通往历史深处的那些幽径通常是隐秘和微小的，不安静的话根本找不到。有些书可以一口气读完，但王彬的《旧时明月》显然不是这样的书，他曲折隐忍的文化情怀在文字中含藏得颇深，不容易一目了然。他是一个边走边停下来思索的人，你读他的书，也得边读边停下来思索。

奇怪的是，这本书引用了很多历史文献资料，但居然没给人掉书袋的感觉。那些沉睡在典籍中的文献资料，一进入王彬的书中，像是染上什么丹气，突然被激活了一般。跟他自己的文字形成一个有机的整体，我想，这就是功力吧。

散文这种文体可以被用来承载太多的东西。沉重的，轻微的，若隐若现的，若有若无的，都可以置放在这个宽口的容器中。透过王彬的这些文字，我读出了一个当代知识分子的幽栖情结。

《旧时明月》收文31篇，基本都是从地理入手切入历史和历史人物。地理，而且是比较微观的地理，是他一个独到的视角。从陵墓、关口、庙宇、园林、山水，到小镇、村庄，都可以看到作者"亲力亲行"的身影。这样的"行"，不同于一般游客的旅行，一般游客都是找热闹的景点，留影之后火速离去，好像被告知马上要清场一般。王彬通常是往幽僻的地方走，按照自己发现的线索走，有时赶到某处的时候夜色已经降临。这点很像历史上的徐弘祖。山，必审其脉向；水，必穷其源头；洞，必探其奥室。是建筑，遑论新旧，必弄清楚其地理方位和结构，描述语言具有古建筑专家的精确性和科学性；是村庄，必弄清远势近景、风水格局，甚至历史沿革。不惊不躁，娓娓道来，处处可见其观察之仔细和治学之严谨。他还特别注重文献中微观地理的记录，包括诗词中的微观地理记录也在他津津乐道之列。这一点素来为读诗者所忽略。他对植物的描写极见生气，对色彩和气味的感知强烈而准确。他有学者的客观和缜密，同时深具作家的灵动和悲悯。像徐弘祖和王彬这样的人，他们是有幽怀的。世人只道他爱，却不知他不得不爱。徐弘祖浪迹天涯，很难说他不是为了治愈一种伤痛或者一块心病。蒲柳泉说："知我者，其在青林黑塞间乎？"说的就是一种幽怀。杜甫写给李白的诗中说："未负幽栖志，兼全宠辱身。"这是对李白的最好的评价。幽栖志已经是中国知识分子传承不歇的一脉情志。从李白到徐弘祖，再到当代知识分子，这一脉情志没有消失过。只不过，在当今这个时代，这种情志越来越稀有了。很可能一直都是稀有的。"我有时候奇怪，我为什么对这类地方——与时代不合拍的村落、荒寒的殿宇、陋巷穷街感兴趣，难道仅仅是我同徐的一种怪癖？"（《大屯》）这个"徐"当然不是徐弘祖，而是作者的朋友。这段独白，有点此地无银三百两的味道。是的，是怪癖。从传统来说，又不是怪僻。徐弘祖在他的游记中，记录了很多断碣残碑、荒寒的殿宇、寥落的古城，这在深层次意义上，其实都是在劝慰自己生平的幽栖之志。荒凉和寥落，也是幽栖的一部分，这一部分，极易接通心灵共鸣的气息，并积淀为一种美学层面的基本色彩。幽栖，一种类似郁郁不乐的东西，其实自有其丰腴的怡然和飘逸。秋水长天，落霞孤鹜，或者野渡孤舟，寒江夜雪，这是古人能够神游的幽栖之境。

今人呢？越来越难以遂愿了。对于王彬这类知识分子来说，幽栖是越来越艰难了。他对早年的一些地方和物事的回忆，往往是温情的，比如对90年代龙道村冬天的回忆，写到雪原上的乌鸦和狗："乌鸦不消说，通身是玄色的羽毛，嘴是朱黄的。狗的颜色是黄褐色的，有一种晶莹的光泽。"（《龙道村》）而现在呢？龙道村受到"建设性的破坏"，是一种连根拔起的"破坏"。在当今这个时代，知识分子喜爱的池塘垂柳、薄暮归鸦、古村院落、古道残楼等真正有历史韵味的东西不是被野蛮地改装，就是被千篇一律的现代化建筑覆盖。推土机的轰鸣，到处堆满的垃圾，生锈的铁栏杆。其实摧毁的哪里是地面的这些痕迹，分明是知识分子的幽栖之志。思古的空间日渐萎缩，养活人类情感的事物越来越稀少。人们被自己制造出来的巨大怪物追逐着，奔跑着。人们几乎不需要与古人对话了，也根本没有时间去回忆任何一种陈芝麻烂谷子的往事。

难道铲除掉古旧的痕迹，以漠然的钢筋水泥替代，我们就得以心安理得？

我们看到，在这样仅存的残垣断壁之中晃动着一个坚强的影子，他时而停驻，时而翘首，时而回眸，时而叹息，时而低吟，他在寻找什么？他注定一无所获，除了沉醉于另一个时空的历史故事。他引入历史通常是借助他精湛的微观地理分析，由地理现场折入被尘封的历史幽境，拍落古人肩上的几许尘埃，激活一段战事或者宫廷佚闻，进而生发冥思。

在历史中遨游，他内心欣喜，不可名状。他举着烛火，潜入历史长廊中的人性深处掘隐索微，火光同时映出他发现的快乐，或者深沉的感喟。"那样一大片苍色的瓦垄在历史上很可能与洪承畴相关。"（《方砖厂》）他兴致勃勃地带领我们去辨认苍色瓦垄下潜藏着的历史真实，去认识被风隐藏了的挣扎的灵魂，无奈、卑微或者高贵的人格。他的感情是强烈的，爱憎是分明的。比如对内心挣扎者赵孟頫的同情，对叛臣洪承畴的谴责，对开疆拓土的兆惠的激赏，对劝人殉情的白居易的微词，对武则天幽灵不散的愤怒，对南宋覆灭之夕涌现出的孤臣孽子大义之赞叹，一一现诸笔端。在他的笔下，我会产生这样的感觉：现实尘埃中躲藏着顽强的历史微粒，它们骚动着、飘浮着，伺机行动，渴望与我们拥抱和对话。有时，这样的微粒一如深山里岩壁上乌黑干燥的苔藓，大家都以为它死了，但遇到潮润的雨水，才猛然知道它还活着。最微细、最容易被忽略的一些历史的幽隐，却具有强大的生命力，或多或少还在影响着我们的精神生活，影响着我们的心灵抉择。当他披着一抹历史的烟尘降临现实，我们方才如梦初醒。

我惊讶于这样一位有夫子情怀的学者和作家，他不是一味地沉溺于历史，他心中那束烛火会突然照到生活的现场。"一个穿粉衣服的小姑娘向我兜售一只黄色的老虎。""在乾陵，我见到一位老太太，一边缝制一边出售她的小生灵。"（《秦陵》）这样的句子让人多少感到几分温馨。这是他在历史叙事中融入现实日常的关怀。我在阅读中感触颇深的还有作者会记录那些寻幽现场的现实闯入者。"沈园门前突然经过一个骑自行车的姑娘"（《沈园》），古柏树下，"有一位年轻人从西侧厂房出来打水，瞥了我一眼，走回去"。（《兆惠与北顶》）这些人的到来像是有点冒冒失失，愣头愣脑，不合时宜，实际上刚好相反，他们才是恒常的日常，是那种文化常态的有机组成部分，而怀古寻幽可能才是这个时代的异类。芦席的打法两千年不变，人们的日常两千年不变。作者穿梭在历史的冥思和幽暗中却没有成为历史附加的一声叹息，而是不断回到现实的鲜活中，回到人性的真切关怀和温暖。不舍老树，心仪春枝。作者真诚希望有人类历史文化凝结的事物得以留存，也是基于当下人们精神日常的需要。这些物质或者非物质文化遗产已然被证明是人之所为人的文化保障，是人类走出焦虑和茫然的不可替代的情感依托。至少，它能唤起沉思，引发思接千载的对话。在《大屯》一文中，被拆得仅余两处殿宇的太清观让作者在回想中无比黯然。我们听到他的祈祷之声音："我但愿它还在，为了它，为了大屯，也为了我们自己。因为，至少，历史不再荒芜，使我们的生命上溯五百年。"

《细腰》一文是颇值细味的篇章。从崂山太清宫的耐冬，引出蒲翁的小说《香玉》。从蒲翁的"细腰"描写转换到现实中的细腰故事——一个在中山公园工作的腰肢细如花茎的姑娘，因为偷拿公物被公安局拘拿了。

作者感到惋惜。感叹："腰肢这样动人的姑娘，怎么会进局子呢？"这样的问题有点迂，但颇有趣，增加了文章的阅读生机。作者似乎想告诉我们，蒲翁状写的狐仙之美无不是我们在现实生活中观察到的女性呼之欲出的美。这样的美，以及美背后的闹剧（比如美女盗窃）一直没有消失过，且穿越古今。书生们因为无法把握爱情而产生的疑惧惊悔，这些元素，与我们须臾未离。王彬信手拈来的巧妙插入，仿佛注入古瓮的一瓢清水，淙淙作响，却也十分清澈，不经意中披露了经典与现实接通的可能性，这恐怕是这本书意想不到的收获。

最后想谈谈我对书名的理解。旧时明月，今人看不到，它幽亮在别处，存在于过去的某个时空里。那些月光下的事物我们只能想象，想象月光像镁光灯一样打在某个人的脸上，我们由此而看清了他的表情：抽搐，或者扭曲；清朗，或者阴霾。我们看不到旧时月色，却可以去看看月色映照过的事物，月光用精致的刻刀雕刻过的遗址，可能还漏了一只秋虫，尚在作隔世痴情地吟唱。那声音像一条溪流，又有可能流淌成一条河。

夜晚走出门，一轮明月照着我们。这是照耀过古人的那枚月亮吗？

我们生命中的基本事物

——读潘琦近期散文

仫佬族著名作家潘琦的近期散文收在他2009年1月出版的《春天的呼唤》和2010年1月出版的《黄昏散步》两部集子里。这些作品,都是他从一、二线工作岗位退下后转到自治区文联任主席后完成的,其中有散文、杂文、小品文,有追悼缅怀之文,还有大量的为文艺界朋友各种专著写的序言。两个集子还收入了他专门论述广西民族文化发展方面的几篇文字。

初读起来,这些文章涉及面广,内容宏富,有点纷繁复杂之感,但细细读来,这种纷繁的感觉居然慢慢隐匿,他的作品之中渐渐显现出一种纯粹本真的艺术情状。他写景、写人、叙事、抒情、谈文论艺,无不体现了一个歌吟者不倦的情怀。一般情况下,他的人生感悟见诸散文,尤其是写景写事的散文,而他的艺术感悟，多半出现在他为朋友们、作家们、艺术家们写的序言中。他的感悟，有如山间涌泉，自然灵动，浑然天成。他的真诚、热情贯穿在他所有的文字之中。

从自治区领导岗位到担任自治区文联主席的角色转换，一定会帮助他对世情及人事物理有进一步体认。从繁忙到恬淡，一定会有一些人生的意绪从心灵的旷野中泛起。仿佛一些白天被遗忘和冷落的东西到了深夜会渐渐冒出来一样。这些东西其实并没有离开过心灵，只不过被闲置了。夜深人静之时，窗外的草木凝上了清露，星星也被洗得很清亮，这个时候，有一些人生重要的元素会浮现出来。而这些寂静之中现身的事物却是生命之中最重要的，不用心倾听的话、心灵没有空间的话，这些东西还真的不会来临。这么说来，这些元素很高贵。是的，的确高贵。于是，我们从潘琦近期的散文里读到了温馨的世情、诚挚的友情、纯粹的亲情、浓烈的乡情，还有他对旧事和童年生活的忆念之情，对艺术的精妙境界、对大自然色彩的深情……这些情愫，素来就是他作为散文家所彰显的重要内容，只不过这些元素在他近期的散文之中显得尤其清晰和浓烈。

世情，是潘琦近期散文聚焦的一个重要事物，或者说范畴，这得益于他丰富的人生阅历。人世的海洋，几多难忘难舍的情。世情是一种溶液，把一根树枝浸泡下去，拿出来，上面有一些结晶体，闪闪有光，仿佛在诉说回忆，映照生活，而他的这些世情散文，就仿佛这样树枝。文章中流露的人生感悟，其实就是那些发光的晶体。必须说明，"溶液"与"树枝"喻非我原创，此处作了化用。

迄今为止，潘琦已为三十多位逝者写过悼念文章。光从数量来看，这在中国当代作家中，恐怕并不多见。他在《黄昏散步》一书的《后记》中这样说："在我认识的自治区老领导中，不少人因年事已高，先后离去。在此之前，我给自己定了一个规定，但凡我熟悉的老领导、老同志、老师去世后，都要为他们写篇悼念文章，以寄托哀思。"这话说得很朴实、很实在，他说得到，也做到了。

他悼念的对象，强调一个"老"字，但他也有反常规的时候，评论家杨长勋英年早逝，他也写了悼念文章，语言深情而满含痛惜，足见其爱才之心。古人云："死生亦大矣。"把死生作为大事记录下来，对逝者的嘉言懿行进行追怀，总结他们一生的精华，这应当是中国历代文人的美德之一。只不过古时不叫悼念文章，叫行状。潘琦也许并没有意识到这一传统，但他却用自己的行动默默地在践行。收在集子中的悼念老领导陶爱英、罗立斌，老报人周汉晖，老画家阳太阳的文章无不发自肺腑，感人至深。这类文字叙事记人，质朴深情，怀念之人，可敬可亲，形象呼之欲出。有人从潘琦的怀人文章中深刻地读懂了自己的父亲，出国的时候专门把文章带上了，在异国他乡反复阅读。这类缅怀逝者的文章在潘琦的散文中是一抹深沉凝重的色彩，具有极高的艺术价值。当然，他的世情散文不止这些，他最擅长触景生情，关注人间烟火中的点点滴滴，孜孜不倦地收集着人生的吉光片羽。

亲情，近期他散文另外一个明显的倾向是亲情书写。

《黄昏散步》一书的开篇之作《亲情无限》，从题目便可感知他对亲情的强调和呼唤。这篇文章写他年逾花甲之年带小孙子的一次难忘经历——想象不到的辛苦，却也有想象不到的快乐。"仔细地审视他粉嫩的小脸蛋，搂在怀里像个柔嫩的保温瓶，亲了又亲，抚了又抚，顿生一种无可言状的亲情和炽烈的爱。"这种强烈的亲情似乎失去了很久,现在又突然归来,有一种失而复得的幸福感。浓墨重彩写亲情的还有《外孙的背影》,在与两个小外孙的交流中,作者从理直气壮地训示到"心里突然有种惆怅的感觉",若有所得,若有所悟:"我们在少年时原来都有着单纯与宽厚的心地,后来在成长的过程中让它逐渐变得复杂与锐利。今天,我们应该让孩子们能从容地品尝这童年的滋味。"这里面似乎隐含着对教育的反思、对现实的批判,只是作者没有说破。"我们要学会面对孩子的背影",显然在呼唤一种宽容。

友情——他为很多老朋友的著作写序,其中有对艺术的深刻感悟、回忆跟朋友的相知相识,体现了浓浓的友情。

他为天资聪颖、文质彬彬的书法家文衍修的书法集写序,写到末尾,禁不住吟起诗来:"文君落笔显清雅,方知书坛有心人。"(《书坛有心人》)足见其性情之真。他写《文友》,不仅回顾他与玛拉沁夫的友谊,还无私地赞颂了玛拉沁夫、徐怀中、邓友梅三个老作家五十年如一日的高贵友情。写《文缘如同骨肉深》,回忆与广西新锐作家的交往以及广西签约作家制度的缘起,对东西、李冯、凡一平、黄佩华等人由衷的赞赏。这篇文章语言精辟,洞察入微,在集子中极见分量。其中对几个作家初次来访的描述很生动贴切:"看得出来,刚开始他们有些紧张,四个人挤在一条长沙发上,很拘谨,叫他们分开坐在我身边的沙发上,谁也不肯。"但随着交谈的深入,他很快发现"他们并非同情与帮助的被动承受者,在他们身上,具有一种获得朋友激赏的生命魅力,有一种山里人的真诚、质朴、憨劲十足的品质,任何情况下都不气馁,尽管生活上有困难,精神上却充满生机与活力"。后来,作为宣传部部长的他主动约了这几位作家谈话，想对青年作家的实际情况作进一步的了解，这些行动，后来对于催生广西作家签约制度有很大作用。这一次，"他们向我讲述了自己的经历和生活中的种种见闻趣事，在我眼前展现了许多奇异的场景，我听得入迷"。我们可以从这样的句子里想象得到这些青年作家杰出的叙事天份。他们是能够制造"奇异"的人。他们有能力让前辈认识到他们的价值、他们的潜力。潘琦这个宣传部部长一再感叹："我惊奇地发现，这些对都市生活缺乏常识、憨态可掬的山里青年人身上，竟藏着那样有血有肉、有情有感、被细腻感觉到的人生世界。他们有深厚的生活根基，有活跃的创作思想，有满腔的创作激情。倘若终于有一天，他们能将这感觉到的一切，用于充分激活他们的创作才能，艺术地组织一个文学世界，将会创造出一种奇迹！"这些作家成为名作家之后都很尊重他，称他为"大哥"，他获得了珍贵的友情。在他看来，这是"文缘"使然，是自己对文学的爱与作家们建立了友谊，拉近了距离，有了心灵的共鸣才有可能深化双方的友谊。对友谊的称颂，我想，在任何时代都不会过时。但为朋友喝彩，在当今这个时代，可能已经成为一种稀有的品质了。法国作家纪德获得诺贝尔文学奖时，他的答谢词中对他的朋友瓦莱里进行了热情的赞颂。

回忆旧事的篇章透射出几分深情。对居住过的小院、平房、楼房，漫步过的小路、街道、游过的河流以及其中的人事的回忆让我们恍若看到了那个纯朴的年代，也看到时代变迁的足迹。岁月沧桑，时光如水，个人的忧乐如何在时代的长河中演绎。"回想起在这里发生过的旧事，那些陈年旧事一直都活在心底，并不寻常地温暖着自己。"（《金城旧事》）"我们几个南地的老人，每年都聚会一两次，叙叙旧，让我们当年愉快合作和淳朴真诚的友谊，在浮躁、喧嚣中，展现了一种熠熠的光芒。"（《叙旧》）这里的"浮躁""喧嚣"两个词，折射出当下的社会现实，这种现实状态太浓烈的话，就会掩盖了许多本真的事物。许多本来有光的事物渐渐变得黯然失色，这个时候，叙旧，这种极普通的人生情境，居然"展现了一种熠熠的光芒"。

　　写景抒情是潘琦散文的一大特色。不是一般的写，有时候是浓墨重彩地写，是身心完全融入景物之中，与大自然悠然心会，动静一如的那种书写。他有时候会对某种植物（比如圣堂山的杜鹃花）爆发出由衷的赞叹，把这种植物的各种形态渲染得迷离而丰盈，寄寓自己微细的情思，呈现出独特的美学价值。这一脉传统极具南方特色，它使我想起《楚辞》中屈原对美人香草的赞叹——湘地与八桂山水相连，文化的血脉极有可能在远古的基因图谱中完成了流动与交融。有意味的是，潘琦他们仫佬族，有个古老的、具有浓厚民族意味的、盛大的节日叫依饭节，其中诵歌请神的环节很容易让人想起《楚辞》里的《九歌》，《九歌》实质上就是湘地唱神请神的歌谣。只不过经过了屈原文人化的加工。潘琦还对大自然的色彩情有独钟，对绿色这种生命初始质素的书写最见其诗人情怀。他是永不疲倦的绿色歌吟者。文学发展到今天，我们已经很少看到哪位作家对绿色有那么深情的描述了。谁也不能否定，任何一个写作者在一开始写作时都讴歌过绿色，但是后来，随着写作的深入和成熟，随着作家地位的变迁、生活时空的转换，这种色彩或是隐匿了，或是消失了，总之是不见了。是不是化为一种更深沉的东西我们不得而知，我们只知道潘琦一如既往地讴歌绿色，并在讴歌绿色中不断感悟人生的秘密，他用他的文字捍卫了一种童真般的纯粹，一颗痴心令人感动。他对一种天然色彩不离不弃，甚至不惜反复地在文章中咏叹，也无法穷尽他对绿的情意。与自然色彩水乳交融的那种体验，可能正是潘琦不断从自然界获得灵感的源泉，也是他葆有心灵生机的妙方。《九龙潭漂流记》中有对绿色的大段描写，极见想象力和艺术才情。"山深如海，山是主体，一漩涡一漩涡，攒涌着，沸腾着绿色的波涛，成团成团地涌过来，似乎要把你吞没，便觉得自己的渺小了。骄阳伸出万千手指在上面弹拨，隐隐听到一种奇妙的韵律，山全都翠亮起来，显得格外沉静、苍峻、旷达和壮美。"潘琦从绿里面不仅读出了波涛，还听出了音乐，更觉得一己的渺小。"绿"的确是个浩瀚的世界，这世界里具足一切又映照一切，似乎包含着生命的奥秘。在《花甲漂流》一文中，他这样深情地描写绿色："水下落枝，茸茸的绿苔……两岸郁碧的森林是那么怡情悦意，闪动的水影映在棵棵耸天而立的林木上，林木中流溢着亲昵而温柔的阳光。漾漾的绿啊，令人陶醉！我被这绿的氛围包容，也被这绿色的意境所融化，竟然忘却了一路的艰险。""我常漫步在青秀山绿色之中。绿总给我带来很多欢欣，甚至有时带来少年时的心情。"（《绿色寄语》）他毫不掩饰他对绿这种色彩的冲动。他对南宁绿城的倾情书写，让我更愿意相信这是他生命本身的一座绿色的城。

仫佬族是个爱唱山歌的民族，他们在人生的各环节、在一年中的各个节日都通宵达旦地对唱山歌，用香花芳草般丰盈的歌谣驱散一个山地民族生存的寂寞。这是一个用诗性来表达情感的民族，含蓄、典雅而深沉。他们骨子里那种执着而强烈的诗性表达在潘琦作品中得到很好的体现。潘琦作为一个不倦的歌吟者形象，我认为应当跟他的那个民族联系起来，跟他的故土联系起来。一个作家，不可能没有他的根。有些作家刻意强调其作品的跨界性而轻易否定了根的存在，自己斩断了跟故土之根的联系，无异于把自己悬空起来。悬空的乐趣显然是无法持续的乐趣。潘琦有着极深的乡土情结，他盛赞乡情，认为乡情里有生命的呼唤。他非常清楚自己的来处，对家乡的描写充满诗情画意和梦的色彩。《梦幻的童年》一文写得平实而深情，描写了故乡的美、童年的艰辛和快乐，其中的某些细节生动逼真，极见作者的叙事天分。他的整个童年浸润在仫佬族的山歌文化里，他的母亲是方圆十里八寨出了名的歌手，教会了他第一首山歌。他身上传承了其母能歌善舞的基因。"在我幼小的心灵里埋下山歌的种子，以至于今天能开花结果。"这句话，是潘琦得益于民族文化的熏陶，如今能在多种艺术领域不停探索、不倦歌吟的最好说明。散文和其他文体一样，都是心底亮光和生命激情的艺术书写。林兴宅说过："散文犹如涓涓细流一般熨平心中的沟壑，又犹如电光火石一样照亮人生的底蕴。"潘琦显然是沿着这个方向前行的。他不倦的写作激情时常让很多人赞叹，我想，这与他视野开阔、热爱生活，总是出现在生活的第一现场，艺术嗅觉始终没有离开过世情、亲情、友情乃至大自然的绿情等具有温度和光泽的事物有密切关系。

潘琦的散文对这些在我们的文学作品中行将黯淡或者已经黯淡的事物，但实际上是我们生命本身基本的事物进行了有效的梳理和倾情的卫护，他小心翼翼地用饱含诗情的文字擦亮这些事物。"就如这深沉碧绿的树丛中，镶嵌上些红花紫叶，固然够不上富丽堂皇，但岂不更能衬托出这碧绿中的幽深，于静寂中显露一丝活跃的生机吗？"（《绿色寄语》）这一段文字，刚好是对他的文字最好的诠释。他的文学理想也隐隐跃荡其间。我们从中还读出他对人生意义的探索与对希望和美的渴求。富有象征意味的文字，是他作为散文家所写的文字的特殊魅力。

左翼作家周钢鸣和他的表兄弟

周钢鸣是著名的左翼作家,广西罗城人。他的表兄弟中,与他一样以文名世者不乏其人,其中最为人称道的是他的表哥何启谓和他的表弟曾敏之。他们三人各自生长在家学渊博的家庭,少小时在乡间切磋诗艺,已传为佳话。周钢鸣生于1909年,他的表兄何启谓生于1906年,而他们的表弟曾敏之生于1917年。周钢鸣1925年离开家乡,1926年参加北伐军时17岁,那个时候,曾敏之9岁。周钢鸣与何启谓年龄相仿,且同在一乡(曾敏之在毗邻的黄金乡),所以,他们二人的交流可能会多一些。周钢鸣和曾敏之后来名声在外,而他们的表兄何启谓却鲜为人知。但谙知他们关系的乡人在谈论周钢鸣和曾敏之的同时,无不为何启谓的才情惊叹。并为其蹇滞乡里、凄清终老的命运深感惋惜。因为,在乡人看来,他的才情不在两个表弟之下，并且，两个表弟在作诗方面曾得到他的濡染。

在此先谈谈周钢鸣。周钢鸣是罗城县龙岸街人，他的父亲周代京通晓音律，北伐军某部北上经过龙岸时，一个据说是团长的人也喜欢音乐，他与周代京经常在一起切磋，甚为相得。部队离开龙岸时，这个团长见周代京的儿子长得清雅俊逸，为人机灵，就把他带在身边做文书。

后来周钢鸣随军征战，到过好几个省。还到了北京、上海。1933年前后，他看出了国民党军队内部的黑暗，就主动脱离了部队，独自到上海寻找出路。

他在上海加入了左翼作家联盟，成为活跃的左翼作家，他的文学之旅就是在上海开始的。一开始他做杂志的发行工作，后来做编辑，全面抗战爆发后，他创作了《救亡进行曲》，"工农兵学商，一齐来救亡。拿起我们的铁锤刀枪，走出工厂、田庄、学堂，脚步和着脚步，肩膀扣着肩膀，我们的队伍是广大强壮！"轰动一时。

这首歌可以说是响彻了大江南北。电影《青春之歌》用它作主题曲，可见这首歌在当时年轻人心目中的位置。这首周钢鸣作词、孙慎作曲的歌曲现在还可以在很多音乐网站找到，可见其生命力之强大。被称为"中国电影不朽名曲"。那个时代的很多人正是因为听到这首昂扬的歌后才走上抗日战场的，可见它的鼓动性和感染力。在那个时候，周钢鸣选择这样的艺术形式来表达他的热情和思想，不仅是时代的选择，还是他本人的智慧。听这首歌，感到时代是年轻的，时光是有激情的。我们不时怀念那个革命时代，怀念那个让血液沸腾的岁月，那种爱国热情，那种爆发的力量。周钢鸣27岁的时候，写成了《怎样写报告文学》一书，这是国内第一部系统介绍报告文学的性质、特点和写作方法的文学论著，在当时有着重要的影响，延安抗战大学还选择这本书作为教材。

周钢鸣重要的文化活动应当是在桂林成为抗战文化城时期。他与田汉、郭沫若等名家堪称桂林文化界的名流。他们四处演说和参加各种活动，在桂林文化界写下了光辉灿烂的一笔。他在桂林时任《救亡日报》编辑，他还和凤子承担了桂林版《人世间》杂志的编辑工作。他在桂林时开始写作他的小说《沉沦》，可惜没有写完。1944年，桂林远东书局出版他的理论著作《文艺创作论》。

抗战胜利后他到广州、香港办杂志。在广州，他主编政治评论刊物《国民》，在香港，他编《文艺丛刊》。解放后他回广西，担任广西省第一任文化局长，当选为广西第一届文联主席，不久之后，他调到广东工作，任广东省文联副主席和广东作家协会副主席、党组书记。其间，创办《作品》杂志，任主编。"文革"的时候，周钢鸣遭受迫害，身心受到严重摧残，但他对文化事业始终不渝，保持了高洁的品质，直到1981年去世。

他的表弟曾敏之，自小也是气度不凡，15岁就到黔桂边境的三江梅寨小学任校长。1934年到广州开始半工半读的生涯，并开始文学创作。全面抗战爆发后他从香港辗转回到桂林，之后到《柳州日报》任采访部门主任兼《草原》副刊编辑。1942年起任《大公报》记者，奔赴战地采访。1946年在重庆采访周恩来，发表《十年谈判老了周恩来》长文，引起一时轰动。解放后曾敏之曾任香港《文汇报》副总编辑、代总编辑，香港作家联会主席等职，在海外华人文学界享有极高的声誉。如今，著作等身的曾敏之，踏遍青山人未老，仍在致力于推动香港文学及世界华文文学的繁荣和发展。

相比之下，他们的表兄何启谓就显得比较"寂寞"了。何启谓一生都在地方上从教，也间或外出谋生，日子过得甚为"萧然"。但这"萧然"的背后，仍然潜藏着丰富的人生意绪和文学的吉光片羽，他们表兄弟三人的交游往事颇值探寻。

现在没有多少人知道了，1934年，何启谓曾应周钢鸣表弟之约前往上海，此行他作诗一首，表达了他蛰居乡里的苦闷之情和对未来广阔天地的渴望："隐隐春雷惊蛰梦，萧萧斑马去乡关。此行为脱樊笼苦，海阔天空出万山。"遗憾的是，他到上海没有找到周钢鸣，由于当时形势危急，周钢鸣已转移到别处隐藏。只身来到十里洋场的何启谓，于茫茫人海中四处寻觅表弟不遇，带去的盘缠即将耗尽，无奈之下，只得"悒悒以归"。可以想象得到，假如找到周钢鸣的话，后来左翼作家的名单之中可能又会添加一人。这不得不让人们想到一个人的命运，不仅要有机会，还要有时势，各种因素都要成熟，但在那个风云变幻的时代之中，机会有时候也不是个人可以把握的。

从上海回到罗城的何启谓，刚好遇着罗城修县志，鉴于他的文名，他被县长江碧秋聘请为修志委员会六个委员之一，其他五人皆为邑中耆宿名儒，唯有他，年方二十八，还是个英气勃发的青年诗人。他们按期限在十个月内完成了县志的编修，从他后来写的《编余》，我们可以品出其中的甘苦："乙亥春赴沪访钢鸣表弟不遇，悒悒以归，适逢本县组设修志委员会编修县志，余亦滥竽其间，期限仅十阅月而告竣。

《编余》

昕夕相将事校仇，南天木落忽惊秋。百年坠绪难为续，历劫残篇未易修。旁采轶闻咨故老，广搜文献绍风流。速成此亦同元史，深恐名山笑我俦。

修志是令古今圣贤犯难之事，并非易举。这本有何启谓参与编修、凝结了罗城文人心血和智慧的著作受到了当时广西省政府的表扬，并作为范本在全广西流布。四十年后，1976年，台湾成文书局还影印出版了该县志，作为优秀地方志向人们推荐。失之东隅，收之桑榆。

据何启谓的后人说，20世纪30年代曾敏之从广州回乡，何启谓曾接曾敏之到家中长谈诗文，曾敏之忆及此事曾寄来一诗："悬榻殷勤慰客心，围炉遥接一枝春。雄谈有忆翻惆怅，啜搜难忘共赏音。流水年华磨镜老，红棉飞絮暮云深。故园莫负鸥盟约，杖履还期拜素馨。"曾敏之对清奇儒雅的表兄的欣赏之情溢于言表。抗战时期，何启谓曾短暂寓居桂林，曾与曾敏之相处，后曾敏之回乡省亲，何启谓有诗《送曾敏之表弟归里》相赠："同是客天涯，君归我未归。言多翻无语，漓水空依依。"表达了兄弟同客天涯的意绪与深厚的手足情谊。一句"言多翻无语"，传神地投射出当时多少有点怅惘的心境。何启谓的后人还说，何启谓后来多次因病住院，都得到曾敏之的相助。

1964年，经济拮据，久不出门的何启谓应周钢鸣、曾敏之两个表弟的邀请，前往广州会面。他当年去上海时曾辗转广州、香港，此次重游广州，感慨万千，到广州的当天，就诗兴勃发。"癸卯秋承钢鸣敏之表弟邀，重游五羊，抵穗之日，一樽话旧，极平生欢，感而赋此：荔子丹残蕉又黄，岭南重聚话沧桑。轻肥二弟皆裘马，我独萧然两鬓霜。"一首诗，把时代变迁、世事沧桑语境下的兄弟情谊渲染得让人动容。在《与曾敏之表弟游越秀山》一诗中，他流露了重游故地的欣喜："二十九年经旧地，君拨雄繁伴我游。春气嘘人激励我，也应敲得一山秋。"

此行特别可以大书一笔的是，周钢鸣临别时赠诗一首，把这次兄弟聚会的意义进行了高度的概括和提升："千里探亲情义长，龙江江水汇珠江。五羊风月吟新句，一夜沧桑话故乡。回首童年心未老，欣逢盛世喜如狂。还当砥砺冲霄志，宝剑常磨更放光。"周钢鸣卓越的诗才以及豁达胸襟在这首诗中得到完美的体现。何启谓即席作诗相答："愧我平生无一长，钓舟烟水老沧江。珠江幸遂重游愿，剪烛何期话异乡。欲罄离情惊夜短，感多借酒助诗狂。明朝又是归轮别，凉月从今两地光。"有意味的是，这两首诗流露出"在朝"和"在野"的两种心态，从诗艺来说，"在野"的何启谓更加抵近诗歌的本质，更得古人神韵。诗歌的确不是富贵中物，穷愁之中或许方得诗家三昧。古人有"露从今夜白，月是故乡明"句，又有"谁家今夜扁舟子，何处春江无月明"之说，而何启谓的"凉月从今两地光"可谓古所未有。这一年，在周钢鸣和曾敏之的帮助下，何启谓的《雪鸿诗稿》得以在广州付印，因为是油印，数量很少，听说只有三十册，于今传世的就更加稀少了。但这本薄薄的、淡蓝的、透出油墨清香的诗稿却是兄弟三人深情的凝结，在当时新兴文体和昂扬意识形态勃然扩展的文化语境下，这份多少有点不合时宜的油印诗稿，无疑是兄弟三人对传统文化的一份顽强固守和回眸。

诗稿印出之后，何启谓作诗寄谢周钢鸣和曾敏之："废圃闲花草，曾经野火烧。可怜行泯没，着意为频浇。篱落秋容淡，黄花明日嘲。寄言培护者，灌溉恐徒劳。"从中，我们可以品出那个时期人们对传统文化的态度，也感悟到一个诗人坚守"明日黄花"的那份艰辛和执着。

曾敏之在细读《雪鸿诗稿》之后，显然是受到了深刻的触动，他对表兄的杰出诗才表示了由衷的钦佩和赞叹。他在《读〈雪鸿诗稿〉后有感寄启谓表兄》一诗中说："八千云月眼中过，历历清才映薜萝。珠海重游皆老大，浦江旧梦惜蹉跎。雪泥幸见留鸿爪，广宇欣传击壤歌。一卧乡江休恨晚，漫将诗力壮山河。"

何启谓即以诗作答："不堪回首忆经过，送老无资甘薜萝。故我依然仍故我，蹉跎毕竟复蹉跎。百无一用雕虫技，语不惊人巴里歌。自笑自珍同敝帚，敢云不废比江河。"

1978年，历经"文革"折腾的罗城诗人何启谓在贫病交加中辞世。去世之前，"红卫兵"几度入门劫掠，所有藏书文稿无一幸存，就连他与妻子的结婚照也被抄掠而去。笔者多年前在罗城遇到一位当年的"红卫兵小将"，他居然大言不惭地说："我们从何启谓家抄出了一部线装的《全唐诗》……"

生命中有一个流水潺潺的村庄
——《广西宜州文学作品典藏·散文卷》序

散文这种文体很自由，门槛似乎也不高，几乎所有写作的人都觉得写散文并不难，但久而久之，就会渐渐感悟到，这种文体自有其形制，不可掉以轻心。就像一条江河，小孩子可以随意走进它的浅滩，尽情地戏水，但这条河流的深邃和隐伏着的令人胆寒的气质可能要等到这个孩子成为一个老人，拄着拐杖，凝视波光粼粼的江面时才有所觉悟。其实，每一种文体都需要天才锻造它的精纯。

散文这种文体，对写作者真实生活和经历有特殊的要求，当然，它也不是简单记录生活和经历。它需要提炼。就像拍好一张照片需要发现、思考、构思和想象一样，写一篇散文，也需要理性的参与。好作品光靠感性是立不起来的。写散文可以被视为在自己的或丰富或简单的人生经历中沙里淘金，无中生有；也可以在自己的心灵旷野里呼虹唤霓，耕云种月。但首要条件是，你的经历和心灵必须是真实的，任何一次起跳，都必须是站在大地上。

感谢宜州政协让我有机会在如此喧嚣的时代得以静心开启一段特殊的旅程，遍览宜州诸子数十年间精作的散文的结集，得以亲近这片土地上不平凡的花朵和果实。我在阅读的同时也是在享受，享受时光的飞瀑在一条条人生的幽壑留下的清音，呼吸着欣欣嘉木的芬芳，得以探寻独特的人生体验，忧乐同感。在大地升起的丝丝热气中品味各种履历、各种际遇、各种思想和情感，不时让我产生强烈的共鸣，其中不乏密室一般的情感世界，因为得以探测，心中充满窃喜。

我注意到，聂震宁老师的《又见白杨树》《敦煌书简二则》发表于1981年，《日暮乡关》发表于1989年，《老师的诗》发表于1993年，《最后的告别》发表于2006年，时间跨度差不多三十年，但是，文章中透出的思想深度和高度、语言的质感和张力、洞悉事物特质的眼力，可以说是一以贯之。其对敦煌艺术的思考，对于今天的文化借鉴、融合，以及文学创作的方向和立足点仍然有很强的指导性，可以说是历久弥新。他的文字，宽厚、宏大、深情。他由严文井的一个履历生发思考和想象，字字写实，触动人心，具有巨大的文学空间。一份以时间作为线索的履历谁都写得出来，但是，对履历背后隐含的风云和雷电，不是哪一个人都写得出来的。"他又一次明确地对我表示欢迎。而且是在一个正式公开的场合，而且是在我最困难，最需要欢迎的时候。"读这样的句子，看起来极普通，但是，于我而言，已是触目惊心。我们最困难，最需要欢迎的时候，我们太需要严老这样以"善的力量"公开支持了。"正式公开的场合"，这几个字意味深长。严老这样的人格无疑是世间稀有。读聂老师的文章，使我领悟到，打动人心的，不是盲目的泪崩，而是隐忍的真情、精确的艺术传达，甚至是深沉的思想……

宋安群老师的《飘走的或逝去的……》撷取故乡的"草地""河湾""藕塘"三个物象进行书写，这些浸润着童年记忆的故乡的事物，有快乐的水花，也有阴霾的梦影。通过回忆，实现对残酷现实的精确记录，对细节的传神描写，透出深刻的人生体验。文字深处，还依稀可见一代人的精神自省和反思。精于音乐剧创作的宋安群老师，他的散文语言仿佛悬挂风铃，有一种音乐美。他写埃及女王，尤见文风摇曳，想象力华美不凡；写赛珍珠，向我们展示他对西方文化研究和领会之深。他对世界历史的谙熟，以及广博的知识，让我进一步认识到文学是综合素质和综合能量相结合的产物。它的背后是人类创造的各种文化，包括民间文化。仔细读来，宋安群的文字里似乎藏有一股凌厉之气，那是喷薄而出的激愤和正义感。

宜州籍女作家张丽萍《红鞋子》一文给我们讲述她的故事：七八岁的时候拥有一双红色塑料凉鞋，她爱得无以复加。有一天在北门码头洗衣服，因鞋里进沙子，故把一只脚浸入水中，却被水推走了一只红鞋子，沉入幽深的龙江，用棒槌也捞不回来。她希望水退了能在沙滩上找到，结果，水真的退了，但她翻乱了整个沙滩也找不到，最后只能趴在岩石上伤心大哭。剩下的一只红鞋子，她只能默默珍藏。这让我想起发生在宜州的另一个故事——我的朋友，牙科医叶青青的那一只鞋子。叶青青那一只皮鞋是他十岁那年在学校读书时分地主果实时分到的。那一堆果实里有一只孤单的皮鞋，叶青青一开始就发现了。抓阄之前，他就有强烈的预感，害怕自己可怕的命运已经锁定那只孤单的皮鞋，后来果然在劫难逃。他用一只棍子撑起那只分到的皮鞋，穿过空荡荡的校园回家。不完美，残缺的事物最容易激发想象力，当我听说叶青青的故事后，我经常会作一些联想……比如，一个深夜里，叶青青忽发奇想，从柜子里拿出那只珍藏多年的皮鞋，穿在脚上，另一只脚光着，他打开门，走进老宜山深巷的月光中，过一把穿皮鞋的瘾！那一晚，他在巷子里晃荡了很久。因为只有一只皮鞋，他走路自然不如平素平稳，一脚高来一脚低，这是在所难免的，迎面走来的夜行者，会误以为遇到了一个跛脚的人。

张丽萍对龙江河的描述令人动容："绸缎般的江面上，水鸟般收起翅膀的乌篷船，于轻沙浅水中晃摇……"《远去的河》并未远去。这条母亲河已成为她生命的一种底色。沉默的父亲、故乡的山歌和月亮，都映现在这条生命的河流上。

李果河老师是我的业师。他有发现文学苗子的非凡眼光，对有才华的学生他有意识地培养，注重提供本地作家与外来作家接触的机会，设家宴请来访作家时邀请爱写作的学生参加，通过环境来熏陶学生、激发学生写作热情。他还热心帮助学生修改推荐作品，学生有困难，乐于站出来帮助，给予信心。《东西、凡一平和我》一文状写的情境我并不陌生。他写故乡的石板路，仿佛丛林里的一条斑斓的蟒蛇。这是可以激活作家想象力的神奇事物。这条月光下花蟒蛇一样的石板路，还演绎了他童话般的初恋。《西伯利亚的风雪》以粗砺的语言质感，向我们呈现了一场可怕的极寒之地的大风雪，细节的真实，体现了他驾驭语言的高超能力。

韦福正的《壮乡斗鸡记趣》，生动活泼，细节描写见神韵，趣味横生。新闻记者的经历,养成他对生活入微的观察。韦福正在《红水河源头——马雄山》一文告诉我们,静默的珠江源头,涓涓细流酝酿大江大河,并不需要在源头喧嚣雷吼,虚张声势。

朱发生先生的《情系清水潭》记录了一段不平凡的"插青"岁月。唱《东方红》时,"爹二"没有歌声,但他嘴唇在不停地动……这样的细节很打动人。我记住了石灰窑、刺痛手的荆棘、猴群出没的山麓、那些涓涓不息的清水潭……或者,每一个人的生命里,都应该有一个流水潺潺的村庄。

晨光中,你看,谢树强扛犁牵牛——不,他是扛着笔,匆匆地追赶已经来到的春光。他不仅写乡风乡俗,他还提炼诗意,朴实无华,却兴味盎然……注重布局谋篇,行文纯粹,兼有小说细节。他的散文有一种可爱的清浅。他把下梘河的深绿浅绿清清白白写得调皮可爱,如同跟他嬉戏的顽童。

侯志锋,为故土立传,为群山写真。他的《群山苍茫》写出了生活的苦涩以及苦涩中透出的一股草野的美;他的文字,有淡淡的艾叶和猪菜的芳香。

韦国良,英年早逝。记忆中,他的目光明亮、真诚,对文化名人抱有由衷的虔敬。这实际上是他对文学的信仰。我虽历事不深,但我知道这份信仰极其珍贵。带着这份虔敬,加上新闻记者行业的敏锐,他的散文每有曲径通幽之处,且不乏深刻的洞见。

韦锦田写分田到户那些年,农村改革开放致富的故事,语言朴实无华,却力道遒健,丝丝缕缕都冒出那块土地的热气,市井人物、田头百姓,呼之欲出,仿佛随时都可以跟他们勾肩搭背,听到他们炸的油堆滋滋作响……文章在对时代画卷的记录中，也探索了人的命运。

老报人饶韬对故土的深情和厚望，温存超对古镇地理风俗的精彩描写，谭明均老先生对宜州文史人物的客观记录，李楚荣先生对地方文化的不倦挖掘和思索，莫瑞扬对民间歌谣的炽爱，石伯祥对恩师的赤子情深，黄汉昌的文化游历，韦克友冬天里用文学的火焰取暖……都在他们的散文篇章中得到体现。

韦祖杰，看壮剧《百鸟衣》时被邻座女孩晶莹的泪珠打动；韦庆木，被外祖母故乡那摇曳多姿的"美人河"迷住；谭为宜，沉溺于北大未名湖博雅塔的丽影，同时，悄悄拍了一个晨读女孩俊俏的背影；谢少萍对生活有细致的观察，偷听鸟儿在枝头谈情说爱……这些，都让我觉察宜州男人的敏感和多情。他们看似朴实无华的外表下，常常也奔腾着按捺不住的小鹿，当然，这是文学的小鹿，也是审美的小鹿。岭南胜境白龙洞梦幻般的"琪花瑶草"看来早已栽种在他们的心田上。

宜州的女作家是一道独特的风景线。除了前面说到的张丽萍外，我在阅读过程中，印象特别深的还有韦淑红、左丹、韦杰、黎艳萍、毛妤菲、陈日红等。

韦淑红，文字细腻而准确、宁静而敞亮，可见她对文学爱之深。

左丹的文字，视野雄阔，感觉敏锐，通透之语颇多。她顺手拈来，知识渊博，语言深处自有一股不让须眉的雄奇。

韦杰，心思细腻，比喻精当，在她心目中，文学与拥吻一样，应有超乎寻常的神圣。她的生命里，似乎经历过情天恨海，星光万缕，浪花千重。"生命危在旦夕，爱情起死回生。"这是生命与爱情的辩证哲学。她的文字帮助我们洞悉"死去活来"这个成语的真实内涵。

黎艳萍，她在"古桥边，瀑布下，掬一捧清泉"，滋润着自己执着的文学梦想。她精心为乡土诗人立传，无意中透露了宜州民间潜伏着丰厚的文化底蕴。

只有深厚的文化土壤才能种出那么多奇异的文学花朵。

在好几个深夜阅读中，我几乎忘记了时间。忘记了楼下厢竹大道上一刻也不停息的车流声。我知道这是一次难得的阅读经历。在碎片化阅读疯狂蚕食我们日常生活的今天，我感谢这本厚厚的散文集，让我不容选择地回到纸质阅读，重新抚摸到土地的厚实，眺望天空的高远。我从内心感谢古城宜州传递过来的温度和力度，感谢被文字簇拥而来的泥土、草叶和露珠的气息。感谢坚守者的虔诚和执着，感谢宜州游子们那超越宜州放眼世界同时深情回眸给我带来的启示。我不吝于用下面的词语表达我的阅读感受：深邃，深刻，深沉，深情，生动，鲜活。我沿着文字的幽径，借着文字的翅膀，一次又一次回到宜州的夜空，看南山星辰、北岭月亮，看江水奔腾、群山静默，读涌流的清泉、雨夜的闪电，拥抱满山遍野的萤火。

珍惜每一棵文学的大树，也珍惜每一片文学的叶子。参天的树，挺拔，与风霜对话，在高空静默低语。叶子，残损了，也能活出美丽，在光中展现自我。这个世界注定是不完美的，我们只能在不完美中更好地做好自己。

我在宜州读书三年，工作十三年，一共待了十六年。无论是精神上还是物质上，宜州都是我的第二故乡。毫不夸张地说，北门码头在我的梦中也是时时滩升水起。我的两个孩子出生在宜州，我的大量散文作品在宜州写成，是宜州给我的灵感。江边危崖上的岁月是我最宝贵的时光。

宜州有我的很多朋友，这本集子里的大部分作者都是我敬重的前辈、老师和朋友。也许有一天，我也会像聂震宁老师一样，写一篇《日暮乡关》。我期待也能够写出这样的结尾："我相信，将来的某一天……在我人生日暮之时，返回故乡，在漆黑的夜里，会看到雪亮的灯光，我去问路，忽然会有人叫我的名字，大声地叫，惊喜地叫，叫得我心中一片灿烂。"

惊呼热中肠。

我读《泰隆先生》

过了凌晨4点之后,我才忙完必须做的活儿,总算可以静下心来读子仲先生的这篇文章。我读书一向很慢,也很静,慢得好像是跟每一个文字都一一握手,静得可以听见自己的心跳的声音。这样的态度,势必影响到我的写作,导致作品稀少。大多数时间里,仿佛是在和时光比一种叫沉默的东西。

我从子仲先生的文字深处,读出了深深的孤寂。唯有孤寂,他才把一个孤寂的老人带到我们依旧活着的空间里。当然,这孤寂中免不了会有一些喧腾和呐喊,这情形有点像一所老房子里住着一个离群索居的老人,人们只能从他苍凉的咳嗽声中体会到那种状态下还有生命的爆裂。在我的阅读经验中,写自己老师的,且能够触动我的神经,使我陷入莫名的寂然和沉思的,这是第二篇,第一篇是我的老师韦启良先生写他的老师阮儒骚先生的。我记得那篇文章的题目是《青山桃李，忆念斯人》，"文化大革命"的时候，身患重病的阮校长还被强迫劳动，在工地上，他倒下了，启良先生他们几个年轻人用担架抬着他往医院跑，途中，阮校长几次让他们停一停，给他喘喘气。文章的结尾是这样写的："鸣呼！我忆念斯人，青山桃李，也必忆念斯人！"这一篇文章，我足足读了数十遍，内心忍受着一股潜涌着的悲愤的涛声，却始终欲哭无泪。启良先生人格的光芒和他文字的魅力，是通过他的文字烙入我的心灵的。

《泰隆先生》，在这个天色即将黎明的今夜，让我一下子回到那似乎过去了却并没有一刻过去的体验中。我沉浸在文字的幽光中，对人间倔强而真诚的灵魂深深敬畏。如果世界是庙堂的话，那么，这些人可能是一根根古旧的柱子，没有这些柱子，庙堂倒下来是悲哀，我们再也找不到可以说话的空间，进而失语，才是大不幸。

与泰隆先生过从甚密的人当中，我只认识两个人，一个是子仲老师，一个是诗人刘频。刘频对诗歌的那种内敛而不事张扬的态度以及子仲老师做学问的那种严谨而静默的精神，让我看到了一种不死的气质在人间流传。

我读《幽冥仙途》

要给台湾网络小说家减肥专家的《幽冥仙途》作评，居然有点感慨万千。这部小说在不少中文网站可以找到。这是一部修真与武侠相糅合的长篇巨制。语言洋洋洒洒，情节曲折诡异，悬念迭出，令人欲罢不能。我们知道，那个小说的世界完全是作者冥想的产物，是他重新组合的时空。冥想的触须延展到如此幽深浩渺的领域，这是我阅读之前不敢设想的。佛经云："一切法从心想生。"又云："唯心所现，唯识所变。""心包太虚，量周沙界。"读这部小说，我算是领略了。这种感觉像是经历一个长长的迷梦，梦里六道俱足，悲喜相逐，忧苦交加，无比真切。那个世界也许是不真实的，但那个世界向你展示人心的险恶，给你的压抑和苦痛却是真实的。"梦里明明有六道，觉后空空无大千。"掩卷之后，仿佛梦醒，梦中五味，挥拂不去。对于一个用中文写作的人，一个对文学还存有幻想的人来说，一旦他拿起《幽冥仙途》，是不会轻易放下的。因为，在玄幻和仙侠这些冥想世界之中，同样映现着一个文学世界，一道呼之欲出的幽冥风景，闪烁在人性深邃的底片上。

我素来认为文学与题材无关，你拿大米熬得出酒来，我拿红薯、玉米、高粱、小麦、洋芋同样熬得出酒来。文学的酒是什么呢？是文学性。所以，我们不能简单地把一些"非主流"小说视为武侠小说、传奇小说、通俗小说、网游小说、玄幻小说，打入另类，或者只承认这是类型小说，只有类型的价值，内心里不以为然，甚至加以排斥，对其文学性视而不见，缺少必要和深入的研究。这样一种偏狭的观念只能导致文学的整体羸弱和贫血。《幽冥仙途》具有浓郁的文学性，而且，是典型的"中国话语"。那种时而铿锵，时而委婉的韵律浸润在整部小说叙事当中，倘不是在中国的文化语境中成长的人，可能不会体会到这部小说的精妙，尤其是无法体会到中国古典文化的灵动和飘逸。

这个小说可圈可点的地方很多。比如语言，典丽、流畅，得传统文化之精髓，但作者时不时会穿插一两句俏皮的现代话语，恰到好处，让人忍俊不禁。有时，因为一句现代灵动的俏皮话，那种凝重的气氛突然获得生机，仿佛一个被捆绑的人忽然获得松绑，一阵狂喜过后，眼前又出现了一根绳子。这一松一紧、扣人心弦的绝技让作者运用得十分娴熟，作者想像的奇伟和斑斓令人叹为观止。一件件法宝在他的描写中几近通灵，还有那些兵器，都是源于非凡的想像力，又比如吞噬赤兵鬼链的那只贪婪的血吻，养在地底的那只兽类。这些神秘而有创意的小怪兽完全出自作者的想像，但它们眼睛里透出的光，足以让人不寒而栗。这些小怪兽已成为象征符号,具有强烈的隐喻色彩,是人性中某些特性的物态化表现。小说的斗法场面描写十分壮观,无论是阴散人和血散人那场毁灭国都的争锋,还是天芷与妖凤响彻云霄的决战,都气势恢宏,声、光、电、气、沙、石这些元素全部激活。

小说还有一个重要的特点,是对人性洞察甚深。主人公李珣在求仙的路途上一开始就受到魔鬼的诅咒,内心被置入血魔,预示着他一生的艰苦卓绝——出入仙堂和幽冥之境,在正与邪的夹缝中苦苦挣扎。他获得各种惊人的正邪功法都是与他的求生本能结合在一起的,没有人能比他更深切地体会生存的危险和艰辛,如果不作出死命的努力,他就会像地上的蝼蚁一样被踩成齑粉,一阵风吹来,瞬时无影无踪。他倍受压抑,偷生忍辱,用心良苦,常常陪着笑脸,四下逢迎,并在一次次绝境中提升境界,仙术进展的同时,也是机心养成之时,摸爬滚打七十余年,最后实现了理想,成为通玄界高手——"灵竹李珣"。他身上展现了真实而深刻的人性。每个人身上,都有或多或少的"李珣"存在。他渴望爱情,在山上的薄雾中巧遇仙子,仙子赠他玉辟邪。从此,玉辟邪紧贴胸口,一股幽幽的清凉帮助他缓解心中血魔的折腾;从此,他对青吟一往情深,这里面也有渴望母爱的成分。最后却发现,在青吟眼里,他什么也不是,甚至他连作为玉散人的"替代品"也够不上,许多人只不过是利用他达到一己之目的而已。他听到了古音、妖凤、青吟的对话后,所有的幻想全部破灭,竟然大骂一声,既而感到前所未有的痛快。这种快感我们无论如何也不能讴歌,因为它包藏了太多的绝望,一不小心就会把山峰弄倒,把海洋抽干。主人公的野心在王城充当"小国师"时得到了尽情的舒展。与秦妃的肌肤之亲让他一生回味,尽管这不是爱情,但仍然可以看到主人公内心柔情的一面，包括后来他对羽夫人的特殊感情，应当都与羽为秦妃生母这一情结有关联，并不像江湖上认为的，他外表光风霁月，实际上心狠手辣。不过，他一开始为血散人、阴散人所控制，后来利用他们之间的争斗渔翁得利，挫败他们之后又把他们变成任意由他驾驭的傀儡幽一和幽二。其运作傀儡之术，"欲其所为，为亦为，不为亦为"，堪称绝唱，此中大有深意，却也泄露出主人公内心的阴险和和运用权谋的良好心态。小说所有的情节和细节都在微细处指向人心，逼视灵魂，这是《幽冥仙途》最成功的地方。

如果要谈谈小说的不足之处，按我现在的阅读经验，我认为主要有三点。第一，小说氛围渲染了太多的绝望情绪，处处弥漫着险恶与压抑，优美之境转瞬即逝，无比脆弱，看不到人性的光明，这在一定程度上影响了作品的穿透力，削弱了作品的经典性。苦难并不可怕，怕的是内心已经枯冷，只用机心和野心在作机械的穿越。有力量的穿越，是灵魂向高处的飞翔，只可惜小说并不提供这样的高处，有的只是对人性荒芜的一声叹息和狰狞的冷笑。第二，小说行文行云流水，忘记了"顿功"，即是停顿。成功的停顿具有回荡和凝滞的力量，类似一种胶结的东西，使世界突然缓慢下来，微小的感觉尽情舒展，有价值的元素在叙事的旷野中得到有效的沉淀和积蓄，这会增加作品的厚重感。什么都是点到为止，美丽的风景层出不穷，却一闪而逝，无法回味和挽留，这样，往往会使一些章节显得单薄。第三，有重复之嫌。有些情节给人重复的感觉，仿佛打开了一扇扇相似的门，看到了相似的风景。这种近乎精致的重复让我觉得似乎不是作家在进行绝对个性化的写作，而是启动了某个电脑程序，预设好的东西一股脑儿就冒出来，精致，经典，却似曾相识。

现实的疼痛与梦想的重生
——评彩调剧《山歌牵出月亮来》

可能人们会受到歌曲《山歌牵出月亮来》的误导,以为彩调剧《山歌牵出月亮来》也在咏叹唯美天真的仿佛诗经时代"思无邪""贻我彤管"般曼妙的爱情。这样的"以为",显然错了。彩调剧《山歌牵出月亮来》当然也表现爱情,但完全不是那样的爱情。该彩调剧歌颂的爱情似亚热带植物般疯狂、热烈、蓬勃,混杂着情欲、生活滋味,更质朴、更本质的爱情,并且,这样的爱情与现实的撕裂与疼痛是紧紧相连在一起的。爱情可以说是一条重要的线索,但彩调剧立意很深,除了爱情,还有更重要的现实意义需要我们去进一步解读。围绕着月亮坡的一棵大榕树,我们可以约略摸清这部戏的"树干"和稠密的"叶"。

剧的结尾，我们看到，"人们用肢体缠绕、叠加、攀附着，逐渐长成一棵参天大树"。我们知道，真正的大树被砍了，被月亮坡的女人们拿去换手机了。因为被相思的猛兽啮咬和驱逐，为了和在城里种树的男人说说话，她们把树卖了。树被砍头砍尾运走了。但是，希望的树，怎么可能被砍呢？这树，是心灵、生命、身体缠绕、叠加、攀附而成的。这无法战胜的生命力和梦想像山歌一样丰茂和多汁。蓝月亮从枝叶间升起，幻化为红月亮。这是非常文学，非常唯美的画面，引人深思，并无限向往。

剧中触动人心之处比比皆是。在城里种树的男人们看到一棵挂满输液吊瓶的断头大榕树时，他们"电击般愣住"了！这是他们月亮坡的大榕树呀！是女人可以像鸟儿一样依偎的大树，是男人随便扯一张树叶就能吹出音乐的大树，是他们存放蚂蚓石、观音符、合欢包，存放一生一世的梦想的大树，一下子就被砍头砍足，用绳索捆绑拉到城里。韦春江一句话："您恁大年纪……也要进城打工啊？"请注意，这是一个饱经风霜的硬汉对着一棵沧桑的老树说的。怎不让人心酸，心恻，心碎？他们的歌声更是令人悲从中来："月亮坡上榕树走，饭无油盐魂魄丢。来世投胎无方向，野鬼孤魂四处游。"

女人们也很快就后悔了，因为，她们意识到被挖走的不是一根木头，而是一根肋骨，疼得哇哇大叫。"山村丢了魂，金山换不来。"这是非常惨痛的觉悟。"连棵大树都守不住，还指望她们能守身如玉？""村口没有大榕树，月亮坡心肝被掏空了。""没有大榕树的佑护，月亮坡如同荒丘。"我发现，失去这棵大树之后的台词和唱词，只要跟这棵树有关，都是滴着血泪的句子。这些句子感染力非常强，艺术含量相当高，我忍不住一读再读。

　　这棵背井离乡伤痕累累的大榕树具有很强的象征意味。这是受伤的乡村，甚至是无法辩解、不言不语的乡村。我们看到，在今天的城市化进程中，人们被生活"生吞活剥"的现实仍然十分严峻，像剧中人说的，"顾得头来顾不得尾"，乡村为城市化进程付出了沉重的代价。而很多大树被移栽，并没有存活。村庄失去了参天大树的依怙，城市也捞不到什么好处。剧作家触及了这些尖锐的问题，显示了一个作家的良知以及直面现实的勇气。优秀的文学作品必然具有反省精神，不回避尖锐的矛盾和内心的挣扎，同时也能让人们看到希望，看到人性的光辉——即使是微暗的。《山歌牵出月亮来》具备这样的特质。可贵的是，失魂落魄的村庄也在为自己的冲动而反省，知道在维护爱情、家庭和满足情感要求的同时，必须维护千年绵延的生态环境，老祖宗留下的根基不能卖！这是乡村尊严的觉醒，乡村在疼痛中重新调整了前进的步伐和策略。

　　严峻的现实通过彩调这种鼓锣喧天、热气腾腾的艺术形式表达，通过丰富的唱腔淋漓尽致展现，可以直击人们的心灵，留下长久的回响，唤起人们热爱故土、守护家园的信念，唤醒许多沉睡已久的人生元素，比如生命的激情，又比如牺牲、奉献、思念、忠贞。这些元素，再一次被满盈质感的山歌、凝结泥土芬芳的山歌、野火熊熊的山歌拨亮。韦春江教训儿子那一段唱词让人肝肠寸断。父子相拥而泣的画面将留下长久的震撼。牺牲精神，无声的奉献，是人类最崇高的品质，也是家庭、族群、社会赖以维系的基础。

　　彩调剧《山歌牵出月亮来》一个非常明显的特点是唱词非常精彩，富含生活气息，粗野与精致结合，有工拙参半之妙。其中的幽默、生动、智慧足以让人们笑得前仰后合，笑出眼泪来。这眼泪，不是一般生物学意义的眼泪，而是人的辛酸苦楚之泪。乐中有苦，苦中作乐。一出成功的戏，离不开出色的本子，文学含量与审美情趣是时间考量一出戏不可或缺的重要因素。

韦春江从城市拿回一节榕树枝，这是城市提供给乡村可怜的回扣吗？不，我把这根可怜的树枝看成村庄重建伦理秩序的希望，是梦想重生的信号。用不了多久，风中又会摇曳一个挂满红线的奇迹。也唯有这样的奇迹，才能填补大榕树失去之后留在月亮坡村口巨大的空白。爱情、亲情、月亮坡、大榕树、山歌，是一个不可分割的整体。乡村的土和俗，可能真的会被某些城市人嘲弄，但是，这土和俗，却是乡村两千年赖以枝繁叶茂的根基。像山歌一样，土是土，却蕴含着永不枯竭的生活源泉。健康丰沛赤裸的欲望，像树浆一样沸腾和黏手，却是生命力强大的象征。从树枝间升起的月亮才是真正的月亮，被山歌牵出的月亮，才是朗照天宇、澄澈人心、利乐有情的月亮。

艺道浅悟

诗歌似乎没有离开过我

很高兴今天能在这里跟大家交流一下关于写作的一些心得。刚开始我也是写诗的,写了几年,没有成功。尽管读大学时就有诗歌入选全国性选本,但我老感觉放不开,有压抑感,后来开始写散文,顿时找到一种舒展开来的感觉。但是诗歌似乎也没有离开过我,一直以另外一种形式潜伏在我文字的背后。有时候可能是某些音节的回荡,有时候是情感的跳跃和节制。因为一直在文学场中,写作、阅读、经历,所以,对于写作,我也有一些想法跟大家聊聊。

我要说的第一点:熔炼百家,专注一品。近来我常思考一个问题,那就是文人和文化人。文人比较单纯,比如诗人、小说家,可以称为文人。但是,是不是就是文化人呢?不一定。文化人是重在中间这个"化"字,其具有化育一方的能力,这才是文化人。

文学是综合素质和综合能量的体现。杜甫被称为"诗圣",其诗歌被称为"诗史"。我们都知道,他的作品中充满着儒家文化的色彩。他能够有这么大的影响力,是因为他不仅是个文人,更重要的,他是个文化人,他有着非常深邃的文化情怀。他精通历史,对《左传》《淮南子》佛典等等研究得很透彻。从他的诗歌里面我们不难发现他交游甚广,且非常善于学习和吸收。他从李白那里学习超脱和旷达。他们曾经一起寻仙访道,同饮共杯,登台啸歌。他从郑广文那里学习幽默。郑广文是个大儒,善饮,官不大,工资很低,杜甫诗中说"诸公衮衮登台省,广文先生官独冷。甲第纷纷厌粱肉,广文先生饭不足……得钱即相觅,沽酒不复疑。忘形到尔汝,痛饮真吾师"。郑广文一得钱便呼朋唤友,狂饮一顿,模样酣畅淋漓。所以杜甫说:"痛饮真吾师。"杜甫跟那个时代几乎所有的艺术门类的高手都有接触,从他们的技艺里面感悟东西。比如书法家、画家、音乐家,包括舞剑器的公孙大娘弟子,更不用说其他诗人了。他几岁的时候看人舞剑,后来印象一直很深。很多画家、书法家的作品没有流传下来,但我们从杜甫的诗歌里看到了对这些作品的生动的描述。文学的力量在这里再一次得到证明。像音乐家李龟年,我们已经听不到他美妙的歌声,我估计那些曲谱也早已经失传,但我们从杜甫的诗歌中记住了音乐家李龟年。比如《江南逢李龟年》这首诗中说:"岐王宅里寻常见,崔九堂前几度闻。正是江南好风景,落花时节又逢君。"我甚至有这样的想法:杜甫是那个时代文化艺术的集大成者。他用诗歌来吸收和囊括所有的艺术精华,所以他的作品才有这样的力度,能够穿越千年,历久弥新,直到今天,一点儿也不过时。他的很多诗句让我感同身受。他穷其一生,专注于诗歌创作,熔炼百家精华,成一卷诗。杜甫全部诗歌加起来也就一千三百多首，从文字数量上来说，后世研究和诠释杜甫诗歌的作品数不胜数，不知道超过其诗歌数量多少倍。但是，无论如何，研究归研究，阐释归阐释，都掩盖不了杜甫诗歌伟大的光芒。在当今这个时代，出书的人很多，数量已经超过读书人。有些作家什么体裁都写，样样在行，却没有一样称得上"作品"，基本上都是无效的写作。我们应该从古人那里得到启示。杜甫一生致力于诗歌创作，只留下一卷诗。他的所有学识、人生见解、对社会的洞察和批判，都用一种叫"诗"的文体统一起来。他种菜也是诗，砍柴也是诗，流亡也是诗，在泰山下仰望的感慨"岱宗夫如何？齐鲁青未了"，一饮一啜，都是诗。最后，他以病残之躯在洞庭湖的舟中伏枕写下的，也是诗！七十二行的长诗，一点也没有衰竭颓唐的感觉，仍然格律精严，气势恢宏，震今烁古。所以，我们从他的诗里可以读到小说，也可以读到散文、读到文艺评论，有人还读到报告文学。广西作家王布衣写过一篇文章，题目叫《唐诗里的报告文学》，就举了大量杜甫诗歌的例子。

宋代的黄庭坚也是一个杰出的文化人，他的诗歌和书法，都达到很高的成就。他被称为中国诗歌继杜甫以来的又一集大成者。前几年国内出版的《中国思想家评传丛书》，我惊奇地发现，居然有黄庭坚一卷。可见，他不是一个简单意义上的诗人，一个文人，他是文化人，是思想者，他的诗歌里面有很高的思想境界。我们都知道，他除了诗歌之外，还有诗论，有自己的诗歌美学，但是这些诗歌理论只是分布在他的书信手札中。诗歌也好，诗论也好，都是可以用诗来统一的，是围绕一个主题的，并没有离开过安身立命的诗歌。他的诗开创了江西诗派的先河，影响了一个时代的诗歌写作。其后，江西诗派余波未尽，一直影响到清代。

现代作家鲁迅先生也是一个具有多元知识结构的大家，年轻时写过《论钴》这样的化学论文，洋洋洒洒；还著有《中国小说史略》这样的学术巨著。但是，他最专注的仍然是文学创作。他的一切知识、哲学、思想、情感都内化为安身立命的文学作品。

一个作家，知识视野很重要。文学大家没有一个不是思想者和文化的传承者。而文化的积累是长期的。当然，把写作当成玩一玩的一种方法，也未尝不可以，但是，玩到顶尖级的境界仍然需要下大力气，就像杜甫所说的："读书破万卷，下笔如有神。"

我要说的第二点是：要有对手。写作要有对手。对手不一定是敌人，而是期望超越的目标，可以暗暗超越，也可以公开比拼。历史上，杜甫写了不少赞美李白的诗篇。在这里，可以举些例子。"白也诗无敌，飘然思不群。""笔落惊风雨，诗成泣鬼神。"杜甫年轻时是非常狂傲的，他说过："李邕求识面，王翰愿卜邻。"李邕是唐代润笔费最高的文人，来求他为逝者写墓志铭的人络绎不绝，一度使交通拥堵。他富比王侯，引起了皇帝的猜疑。王翰就是写"醉卧沙场君莫笑，古来征战几人回"的那个诗人。两个人名声都很大。杜甫还自诩："赋料扬雄敌，诗看子建亲。"意思是：写赋呢，我料想只有扬雄可以匹敌，诗歌嘛，我看到曹植的诗才觉得可亲。李白出现以后，他意识到同时代的高手来了。知道了最高的目标，超越才有可能实现，要不然，写作是盲目的。陈寅恪所著的《元白诗笺证稿》，经过比较元稹和白居易这一对诗友的诗歌，他得到了一个结论：他们写得最好的诗歌都是那些彼此唱和，有着相互借鉴，甚至相互模仿的诗歌，而不是各自的心灵独语式作品。至高无上的诗歌作品是产生在借鉴和交叉基础上的。就像一个剑客，如果没有对手，谁知道你是不是一个真的剑客？不知道是《庄子》还是《淮南子》，有这么一个故事：有一个使用石斧的人，他有一种绝技，可以挥动石斧把人鼻子上沾着的像苍蝇翅膀那样薄而小的白灰削下来，而不伤及人的鼻子。他的动作像风一样快，人毫无觉察。后来有个国君听说这件事，把他召来，说：我的鼻尖有一点白灰，你能帮我削下来吗？使用石斧的人说：我已经多年不削了，因为我的对手已经去世，再没有人跟我切磋技术了，手生了，注意力不集中了。宋代的"苏黄"，他们从诗歌到书法，都是相互欣赏的。但是，也有善意的批评。比如，黄庭坚就认为苏轼的诗歌有些骂街的成分，对现实的批评太激烈了一点，如果能够超脱一点，就更好了。苏东坡先生去世以后，黄庭坚写了一首诗，诗中说："朱弦已为佳人绝，青眼聊因美酒横。"这个"佳人"，就是指苏东坡。东坡先生去世了以后，我的琴弦就断了，因为没有人能够听得懂。当然，这个典故最原始的出处是春秋时代的俞伯牙摔琴谢知音——高山流水的故事。所以说，写作者互为高峰，这山望着那山高，这个很有必要。比如，两个登山的人，要偶尔停下来看看对方到哪儿了，姿势是不是还优美，有什么新动作，如果总是不看对方，自己钻进刺蓬，在山腰上打转转还不知道是怎么一回事。

所以，写作的人，要树立一个标杆，争取跟这个标杆互动、交往、渗透、借鉴，如果没有机会建立关系，也要积极研究对方的作品，要暗暗比照。当然，这个对手要是高手，是一座高峰，跟我们同村的某某人比是没有意思的。比如，某地有个书法家，自己感觉相当好，很不服气另外一个年纪大的书法家，经常说：我跟他，关起四座城门来比一比，他敢吗？这个器量太小了，要比，也不能关起四座城门，还是要把视野搞得广阔一点，看得高远一点。

我要说的第三点是：多写想象中的事物。我们现在看到的小说，大多数是生活故事，还不是文学故事。简单地说，生活故事就是《故事会》里面的那些故事，看起来很过瘾，但没有人会回头去再读。也就是说，没有余味。只有故事情节在走，没有文学味。文学故事是一条江河在奔流，裹挟着泥沙、树叶、霞光、日月星辰，是带着一种亘古的苍茫和神秘气息在奔流。值得我们玩味的，往往是故事以外的东西，而那些东西，基本是想象的事物，因为想象之物的进入，让生活语言变成了文学语言。散文崇尚写真实，但是心灵的真实要比生活的真实重要。从真实出发，合理地延伸自己的想象，是每一种文体都需要的。人们并不关心你太实在的日常生活，而关心你想象中的事物，比如梦幻。你早上去上班，你跟同事说："我昨晚一上床，头碰枕头就睡着了。"说这个，我相信同事不会有什么积极响应。因为大家都一样经历这样的平常，司空见惯。但是，你如果这样说："我昨晚做了一奇怪的梦，吓出一身冷汗。"那大家的目光就会抬起来，齐刷刷地落在你身上，希望你往下说。或者你这样说："半夜我醒来，听到一种奇怪的声音。害怕极了！后来，我才知道，下雨了。"这样一说，大家都会进入你想象中的世界。

大家都说杜甫是现实主义诗人，这个没错。但是，所谓的现实主义或浪漫主义，基本上是理论家闲得无事时总结出来的。其实，一个作家很难用一种主义界定。一个作家是综合的、丰富的。比如杜甫，我可能会不断用杜甫作为我的例子，因为，这几年我一直在读杜甫，在抄杜甫的诗歌。这可能是很多人想不到的。我的身心自然受了他的潜移默化，我当然也是渴望寻找这样的效果。在茫茫的城市中，我常常把杜甫的诗歌当成我永不沉落的故乡，当作我在城市的焦渴中紧急寻找的一把鲜活的青草。一个作家必然会自觉地寻找自己的阅读资源，然后，偷偷吸收，从里面学招法，只不过，有些作家会告诉你，有些作家不会告诉你。每个人都有自己的码头；每只船都有自己的港湾；每只鸟都有自己的森林；每一只狐狸都有自己的坟冢。小时候，我爸爸教我读一首古诗："南北山头多墓田，清明祭扫各纷然。纸灰飞作白蝴蝶，泪血染成红杜鹃。日落狐狸眠冢上，夜归儿女笑灯前。人生有酒须当醉，一滴何曾进九泉。"从那时起，我就固执地认为，每一只狐狸，夜晚都睡在坟墓上。所以我在这里说，每一只狐狸都有自己的坟冢。

我想说明的是，写作者都有自己的一个隐秘的园地。

而杜甫的诗歌，就是我隐秘的园地之一。当然，我还有别的园地。我经常跟朋友们谈杜甫的诗歌，包括与一些书法家、大学教授交流，他们都鼓励我写出来，把我的观点写成论文。我笑了笑。因为，我的阅读不是为了做学问、写论文、评职称。我没有这个压力。我的阅读是自己的，是我隐秘的需要，就像一个口渴的人，需要喝水；就像一个长期喝浊水的人，渴望喝到清水；就像黑夜里茫茫然走着的人，需要看到一点点星光。我的需要，就是如此简单。

作为现实主义大诗人，杜甫被传唱千古的一首诗《兵车行》，就是现实主义的典范之作。然而，这首诗的结尾是这样说的："君不见，青海头，古来白骨无人收。新鬼烦冤旧鬼哭，天阴雨湿声啾啾。"这里面，就有浪漫魔幻的成分，把我们引入一个想象中世界——青海头，古来白骨无人收。那是一个怎样悲惨的世界？我们不可能不为之动容。还有，天阴时节那些"新鬼""旧鬼"哭哭闹闹，纠缠不清，完全是一种浪漫的笔法，通过写想象中的事物，彻底震撼我们的心灵！

杜甫怀念妻子的诗句也十分缠绵悱恻："香雾云鬟湿，青辉玉臂寒。"弥漫着想象和浪漫的情调。

词也是如此。文学史家把词分成豪放词和婉约词。苏东坡是豪放词的代表，而柳永是婉约词的领军人物。其实，苏东坡婉约的词也不少。比如，最著名的那首写月亮的水调歌头："转朱阁，低倚户，照无眠。不应有恨，何事长向别时圆？"还有，"起舞弄清影，何似在人间。"他思念妻子的文章也很婉约："夜来幽梦忽还乡，小轩窗，正梳妆。相顾无言，惟有泪千行。料得年年肠断处，明月夜，短松冈。"除了委婉，写的还是想象中的事物。

东坡先生被尊为豪放派的代表作品是那首著名的"大江东去，浪淘尽，千古风流人物"。其实这一首词，在我看来，它有可能是受到婉约派柳永的一首词的影响。因为柳永的词要比苏东坡的早。研究柳永的这首词，我们不难发现其中豪放的成分。

下面让我们欣赏一下这首词：

词牌名《双声子》。

晚天萧索，断蓬踪迹，乘兴兰棹东游。三吴风景，姑苏台榭，牢落暮霭初收。夫差旧国，香径没，徒有荒丘。 繁华处，悄无睹，惟闻麋鹿呦呦。想当年，空运筹决战，图王取霸无休。江山如画，云涛烟浪，翻输范蠡扁舟。验前经旧史，嗟漫载，当日风流，斜阳暮草茫茫，尽成万古遗愁。

苏词《念奴娇·赤壁怀古》中的"江山如画""惊涛拍岸""想当年",这些句子很可能脱胎于柳永的这首词。

所以,把一个词人简单地定为豪放派和婉约派,都是把文学简单化的行为。豪放和婉约是词人可以集于一身的情感倾向,随着词人内心的潮水的流淌而有所侧重。现实主义和浪漫主义也是如此。拉丁美洲的马尔克斯以其巨著《百年孤独》对中国作家影响深远。因为他提供了一种新的理念:魔幻现实主义。广西是少数民族聚集地,民族文化异常丰富,其中不乏神秘、带有魔幻特质的文化。但是我们的作家关注这方面比较少,到目前为止,仍然没有出现这方面的杰作。我们受到《百年孤独》的影响,基本还停留在语言上,而不是对文化内核的审视上。拉丁美洲具有边缘的、丰富的、生机勃勃的地方文化,这个与广西有相似之处。如何找到这种文化与现代的接合点,让它在现代的语境下激活出五彩缤纷的魅力,这是我们大家需要思考的。我们不能放着这么好的资源不用。写都市情爱,写青春惆怅,这个固然很重要,但是,这个在哪个城市都可以写。广西,应该有自己的色彩。亚热带的植物色彩就很强烈,可能在别的地方不一定有。

第四点,寻找陌生化的语言。我们如果习惯于用一种熟练、流畅的语言来写作,产量是没有问题的,很容易成为高产作家。但是,熟练和流畅的背后,通常是思想的懒惰。意大利作家卡尔维诺在他的《看不见的城市》一书中,写到旅行家马可·波罗到了中国,见了中国的皇帝元世祖忽必烈。一开始,马可·波罗还不会说汉语,他向皇帝描述他所经历的城市时,只能用箭头、瓦片、树叶,比比画画,加上简单的汉语单词,叙述得非常吃力、非常费劲,元世祖忽必烈也听得很吃力,几次从宝座上向前倾身，想弄清楚他到底想表达什么，甚至急出一身大汗。旅行家描述的那个世界陌生而神奇，令人难懂而又神往。等到马可·波罗熟悉掌握汉语以后，他在皇宫里给皇帝讲故事时口若悬河，像唱歌一样熟练，语言流畅。这个时候，人们发现，元世祖忽必烈在金銮宝座上打瞌睡了。等他醒来，他对马可·波罗说：我还是喜欢你以前用箭头、树叶、瓦片比比画画描述一个城市的样子，那种做法才有味道。这个故事，让我们受到很多启发。文学做到流畅和熟练的时候，很可能就是停步不前的时候。文学需要保持一点生涩，让读者读起来有点难受、有点吃力，不能太便宜了读者，一旦便宜读者，读者不用脑筋参与作品的运行，就会提不起神来，就会打瞌睡。树上的果子为什么会自动掉下来，就是因为太成熟了。之所以果子还挂在枝头，是因为还保留青涩感，还与树的生命息息相依。

鲁迅为了保持语言的陌生化效果，他长期从外国文学中获得资源和养分。借一件陌生的外衣，其实还是叙述东方的现实和故事。他大量从事翻译工作，其中有一个原因就是试图借鉴西方的语言感觉来激活东方的语言。很难说鲁迅的翻译到达了多高的水平，但是，他通过这样的努力反哺自己的文学创作，取得了罕见的成绩，这是不争的事实。鲁迅语言的特殊性大家都能意识到，但没有多少人愿意去探索根源。他那种陌生化的激情，从哪里来？

法国作家福楼拜最著名的小说是《包法利夫人》。在此以前，他的作品充满着"浪漫主义激情""伟大的抒情气魄"。他二十七岁那年听从朋友的劝告，放弃了这种风格，开始一种枯燥无味的写作。三年后，他写出《包法利夫人》这部杰作。米兰·昆德拉说："福楼拜当时三十岁，正好是破去他那抒情之蛹的时刻。"昆德拉还有一句话说得很好："小说家从他抒情世界的废墟上诞生。"

我最近读的一本书是美国女作家安妮·普鲁的长篇小说《船讯》。小说的叙述非常独特，每个片断都闪烁着散文的光芒和力量。在这里我引用一个作家对《船讯》文风的评价："一种生僻的粗犷的具有隐隐破坏力的文字感是那样新鲜诱人。叙述如莽汉般肆无忌惮，如孩童般天真，如诗人般虚幻、隐晦，如妇人般平实，甚至零乱，然而每句话每个段落都具有活生生的力量，字字如重锤。安妮·普鲁创造出一种内心时时爆发出激情，又被生活的现实所管束的逼真感觉。"这个评价我非常认同。

《船讯》的结尾是这样的，我们来共同欣赏一下。"既然杰克能从泡菜坛子脱身，既然断了脖子的小鸟能够飞走，还有什么是不可能的呢？也许，水比光更古老，钻石在滚热的羊血里碎裂，山顶喷出冷火，大海中央出现了森林，也许抓到的螃蟹背上有一只手的阴影，也许，一根打了结的绳子可以把风囚禁。也许，有时候，爱情也可能不再有痛苦和悲伤。"

这是何等深沉的表达！语言的组合光怪陆离，仿佛精卫填海，石破天惊，我想起唐代诗人李贺的句子："昆山玉碎凤凰叫。"还有，"天若有情天亦老"。

最后我想谈的一点是，文学是一份高远的事业。前段时间我写了一条微博，引起一些朋友的关注。我说："文字是捍卫尊严的，有神性的，志向高远的。人品低下了，那种被苍莽之气包裹的神性便会弃他而去，留下一堆猥琐的油滑。泥鳅没有鳞甲，便只能穿梭在淤泥中，还误以为自己是游龙。"

我说的这个"高远",一方面是指要有超脱、超越尘埃的勇气,敢于不同流合污,不苟合。另外一方面,想指一种大爱。比如,爱世界,爱大地,一种超越一己利益的情怀。

湖北作家陈应松最近发表了一个演讲,题目是《接近天空的写作》。他说:"大鱼扎得很深。大鱼知道水很深。"陈应松是写神农架出名的。他说:"我的作品没有辜负'神农架'这三个神圣的字。我的作品配得上'神农架'这三个神圣的字。我还学会了尊重山川、河流、植物、野兽和穷人。学会了正确表达。知道应该怎么说出自己的声音。""天空般的写作,是要有境界的。""我要的是非常高层次的人喜欢。我是为顶尖的人写作,一般的读者自然喜欢。"这个观点是对的。我们永远不要低估读者的判断力和审美能力。我曾经在一篇叫《荒野文字》的文章中写道:"真正的文字,不必担心没有人看。"

2005年获得诺贝尔文学奖的英国剧作家哈罗德·品特在颁奖仪式上发表讲话,直接谴责美国和英国的强权政治,指责他们入侵伊拉克,造成成千上万无辜的人民流血。他说:"美国在世界范围内实施着一种非常有效的权力操纵,同时假扮成为一种普适性的善的代表力量。"他讽刺英国是美国牵着的一只咩咩叫的小绵羊。请注意,品特是英国作家。大作家必然是这样的,有着强烈的社会批判意识,心灵时时刻刻关切着人类的苦难。品特在演说中还说到作家的责任,"一位作家的创作生涯是非常脆弱的,几乎是赤身裸体没有防御的活动。我们不必为此落泪。作家做出了选择,就必须坚持下去。但是,说真的,你必须面对各种各样的风浪,有些风浪冰雪交加。你出去只有靠自己,处于孤立无援的境地。你找不到隐蔽处,找不到保护伞——除非你撒谎——在这种情况下,当然,你就已经为自己构建起保护伞了，而且（这可能有争议），你就变成了一个政客。"品特关注的，跟一千多年前杜甫关注的是一致的。作为作家，我相信他们的脆弱也是一致的。我们都记得这样的诗句："边庭流血成海水，武皇开边意未已。"它包含着强烈的批判意识。在杜甫人生最后的一首诗中，杜甫说："乌几重重缚，鹑衣寸寸针。""转蓬忧悄悄，行药病涔涔。"此时的杜甫正漂泊在洞庭湖上，离告别这个世界的时刻已经很近了。他写完这首诗之后，就再也没有写作了。从成都草堂带出来的乌皮几早已散坏，用绳子一重一重地捆绑着。身上穿的衣服像鹑鹑鸟的羽毛一样立着，每一寸都是补丁。病体难支，吃下药便汗水涔涔，没有办法坐起来，只能伏在枕头上写下最后一首诗。这就是中国最伟大的诗人的最后现实形象。这种时候，他理应有一万种理由诅咒世界了。然而，此时的诗人没有忘记国家遭受的灾难，依然在关心这个世界。"战血流依旧，军声动至今。"更可贵的是，他始终保持知识分子可贵的内省。里面有两句很重要的话："畏人千里井，问俗九州箴。"所以，杜甫的诗歌能够成为中华民族乃至世界文学壮丽的经典，是有其深层次的原因的，伟大的作品背后必然是伟大的灵魂。

最近我比较关注黄家驹的歌。尤其喜欢《光辉岁月》和《海阔天空》。1993年黄家驹就离开了这个世界，当时还很年轻。但是，他的歌今天依然在流传，光碟还在热卖。这是为什么？是什么东西的存在让他的歌流传了下来。"原谅我这一生不羁放纵爱自由。""今天只有残留的躯壳，迎接光辉岁月。"这是发自灵魂深处的语言。为了人类的平等和理想而奋斗——曼德拉。这首歌是为黑人领袖曼德拉而作。黑色皮肤给他的意义是一生战斗，因为，人类需要平等。大地的缤纷美丽是因为没有分开每一种色彩。最后，只有这残留的躯壳，拄着拐杖，凝望前方，前方，如果还有前方的话，那是向我们奔来的浩荡的光辉岁月。

人类的牺牲精神、宽厚的人文关怀、对世界的挚爱、内心保留敬畏、为人的尊严而战、对平等的呼求、对社会清醒的批判意识，这些元素，可能是使文学作品永久发光的原因。

(本文系2013年7月第十一期广西青年文学讲习班讲课讲稿改)

艺道浅悟

作为生命体验的经典阅读

今天很荣幸回到母校，跟大家分享我对经典的阅读和理解。今天所说的经典，专指文学经典。那么，怎样的作品才能称得上文学经典？我想，每个对文学有研究的人都会有自己的说法。我自己的观点是，能够触动我们的就是好作品，能够长久触动我们的，就是经典。经典一定是经得起时间的考验的。这是我对经典的一个体会。我还有另外一个体会，那就是，成为经典的文学作品必须进入我们的日常生活。当然，不是整部经典进入我们的生活，有整部的，但不多，有些作品是某些句子进入我们的日常生活，为人们熟知，这样的作品已经相当了不起。我们来回忆一下，哪些诗句经常照亮我们的生活。这样的例子很容易举。"两情若是久长时，又岂在朝朝暮暮？"这是秦观的词。"但愿人长久，千里共婵娟。"这是苏东坡的词。"海上生明月,天涯共此时。"这出自唐代诗人张九龄的作品《望月怀远》。"露从今夜白,月是故乡明。"这是杜甫的诗句。"朱门酒肉臭,路有冻死骨。"这也是杜甫的诗句。"天长地久有时尽,此恨绵绵无绝期。"这是白居易的诗句。"天生我才必有用,千金散尽还复来。""一夫当关,万夫莫开。"这是李白的诗句。这些诗句在时间的长河中悄悄地来到我们生活的每一个角落,滋养着我们的心灵,已经成为我们语言中信手拈来的典故。如果我们沿着这些耳熟能详的诗句进一步溯源,我们就会找到这句诗的出处,它的源头,它的故乡。我们再认真研究这首诗的全部,我们就知道什么是经典。经典有能力把自己的精华输送给人类。

陆游有两句诗,"明窗数编在,长与物华新"说的是李白的诗篇可以像天地日月、像自然界一样常新。其实李白一直就很清醒,他整天喝酒,按照他的说法,"三百六十日,日日醉如泥"。但这只是表面的,他内心痛苦,抱负没办法实现,只能通过喝酒来麻醉自己。在《将进酒》这样的诗篇中,我们读到了这样的句子:"但愿长醉不愿醒"还有:"五花马,千金裘,呼儿将出换美酒,与尔同销万古愁。"表达情感异常强烈,震撼人心。诗人喝酒,但异常清醒。他说:"屈平词赋悬日月,楚王台榭空山丘。"这两句诗,除了体现文学艺术的神奇力量,还隐隐透出诗人的文化自信。相信自己的诗句,也可以像屈原的词赋一样,千百年之后,当一切现世的繁华零落成泥的时候,诗人创作的诗篇,仍然像日月悬挂在高天,照亮我们的生活。屈原做到了,李白也做到了。

我们在上面讨论了经典,那么,经典对于今天的我们,到底有什么意义呢?

第一,审美意义。"诗""书""礼""易""乐""春秋"。这是我们说的六经。这六经不光是六本书，也是六味药，每一味药都可以对治我们的病。《礼记》这本经典告诉我们什么是长幼，什么是规矩，什么是秩序。没有秩序就等于没有交通规则，这是很可怕的。所以礼主分别。《乐经》呢，音乐，没错，音乐是帮助我们找到平衡与和谐感的。听音乐，可以调养身心。礼与乐，秩序与和谐其实是一体的。《诗经》是教会我们说话的，说好听的话，说高雅的话，而不是说粗俗的话。我们的唐诗宋词也延续了诗经的传统，在培养我们的审美上发挥着重要作用。

诗歌让我们认识到世界万象的美。

我们再以李白的诗歌为例。"朝辞白帝彩云间，千里江陵一日还。两岸猿声啼不住，轻舟已过万重山。"有人说这首诗是歌颂祖国的大好山河，我想，这应当不是诗人的本意。诗人的本意是写一种人生快意，通过写速度体现洒脱、潇洒。我们由此而联想，所有的快乐都与速度有关。比如，快乐、痛快、愉快、欢快、快言快语，都与速度有关。

李白的《将进酒》，其实也写了一种速度的美。前面两句是"君不见，黄河之水天上来，奔流到海不复回。君不见，高堂明镜悲白发，朝如青丝暮成雪"描写的都是速度，而这种速度让我们震惊。"人生得意须尽欢，莫使金樽空对月"也是速度。"岑夫子，丹丘生，将进酒，杯莫停"，这个速度全由诗人掌控。

第二，经典照亮了我们的生活。这个照亮，是看清楚的意思。我记得多年前有一首粤语歌《沉默是金》非常流行。其中有这样的句子："受了教训，得了书经的指引，现已看得透，不再自困。"经典里面有作者全部的身心体验、深层觉悟，有他们的发现和思想，他们的宗教和信仰，他们的世界观、人生观，以及对文化的传承。经典是浓缩的精华。我们读得透，会找到指路的明灯。明代岳和声，浙江嘉兴人，他是宋代名将岳飞的后代，他到宜州做官，任庆远知府，写了一本书叫《后骖鸾录》。岳和声回到他的家乡后，他的朋友汤显祖——《牡丹亭》作者，马上写信要求岳和声把著作寄给他看，信中有一句话表示了欲求读书的强烈愿望："亟欲读之，用豁衰疲。"这短短的八个字对我启发很大。我一下子就明白我们要读书，读经典的真正原因。读书，读好书，可以让我们豁开生命的疲惫，把我们从消沉衰败中振作起来，找回勃勃的生机。杜甫诗中所说："登临多物色，陶冶赖诗篇。""宽心应是酒，遣兴莫过诗。"大致也是这个意思。读书不仅仅是为了获取知识，更是提升我们人生境界的重要渠道。另外，英国小说家毛姆说："阅读是一座随身携带的小型避难所。"

当代作家苏童有两个观点我非常赞同，其一是：文学经典会让我们变成好人吗？不会。会让我们变成坏人吗？也不会。我们来读读李白的《静夜思》，"床前明月光，疑是地上霜。举头望明月，低头思故乡。"读这首诗，我们既不会变成好人，也不会变成坏人，那么，我们会变成什么？什么也不会变成，我们还是我们自己，只不过，读了这首诗，我们会感受到孤独，进而享受这种孤独。我们会更加看清楚自己，更加理性地对待我们的生活。就像水一样，难道好人喝了解渴，坏人喝了就不解渴吗？水，滋养每个人，好人和坏人。文学经典，就有这个魅力。

苏童的另外一个观点是：看一个作家是不是大作家，就看他有没有写不完的童年。童年对作家很重要，几乎每一个作家都写过自己的童年，童年的生活似乎储藏有一个人一生种种可能性的密码。只不过作家比较敏感，善于记忆童年。鲁迅先生的《从百草园到三味书屋》《少年闰土》

《风筝》等等，写的都是童年。诺贝尔奖获得者德国作家君特·格拉斯说过，一个人一生的事业或者成就基本上是由他少年时期在校读书时课间喜欢玩什么东西决定的。

前阵子有一家媒体要我写一段文字，主题是在你的记忆中，你最难忘的阅读经历是什么？哪一本书对你影响最深？

我的回答是：最难忘的阅读经历是1990年我读《鲁迅全集》，那年我刚从河池师专毕业，分配在罗城教育局工作，短期到我的母校罗城高中上语文课，课程不多，每天上完课我就翻过罗城高中的围墙到校园后山的松林里读鲁迅的书，非常安静，基本上不受任何干扰。有风的话，松涛阵阵，让人很惬意。鲁迅的书对我影响最深，当然，那是骨子里的影响。我接触鲁迅比较早，读小学的时候，我父亲的床头摆有不少鲁迅的书，他不在家时我就偷偷阅读，但是，没有读懂。读大学时，我们的老师韦启良校长研究鲁迅很有心得，他的课，把人间烟火中的鲁迅带给我们。但那时我依然不敢讲我读懂鲁迅了。一直到毕业之后，在罗城高中围墙外那片松林之下，在罗城教育局宿舍寂寞的深夜之中，"哗"的一声，我就读懂了鲁迅。自从读懂了鲁迅，我仿佛找到了一面"照妖镜"，在文学的领域内，谁要哄我，恐怕不那么容易了。

读懂经典，需要时间。不用着急，慢慢来。经典是需要有一定的生活阅历，需要有生命体验，才能找到感觉的。从自己内心出发去理解事物，理解经典，才会真正有益于自己的人生。

印度大诗人泰戈尔的《飞鸟集》有两句诗："樵夫的斧头，问树要斧柄。树便给了他。"最近，某家出版社出版的"新课标必读名著"之一的《泰戈尔诗选》是个导读本，有专家的专门解读，专家在解读"树便给了他"这句时,这样说:"拟人的手法,突出了树的无私。"我的朋友——贵州作家冉正万说:"不知何故,对如此解读毛骨悚然。"

"青青子衿,悠悠我心。"这样的句子,是天上的星星,板桥的微霜,是草叶的清露,是林中的萤火,纯粹、自然、奇妙,所以传唱千年。现在的文字被染着了,尘埃太多,所以穿越不了今古了。

从某种意义上说,诗捍卫了我们音声世界和言语世界中最庄严和雅致的那一部分。诗的品质是可贵的,这个我坚信。可能现在很多写诗的人都不相信这一点。杜甫以衰残之力伏枕完成其绝命长诗,依然句律精严,流光溢彩,金声玉振,能不令人叹哉?

第三,帮助我们重建对大自然,对天地,对土地的信仰和联系。现在疯狂的城市化进程吞没了许多乡村,乡村的传统正在分崩离析。有些地方,村庄里的青年男子都外出打工,只余下孩子和老人,大量良田丢荒了,无人耕种。那些农民,似乎已经对祖祖辈辈耕耘的土地失去了感情,失去了敬畏心。像苏洵《六国论》里面说的"子孙视之不甚惜,举以予人,如弃草芥",看着就让人痛心。农民离弃田野,涌到城里,因为到城里打工收入来得快。但打工是不稳定的,今天看不到明天。如果说在城里找不到工作,而家乡的田地又荒芜了,怎么办?退路在哪里?我们城里人呢,离自然界越来越遥远。包括我们城市里的很多作家,知识越来越贫乏,越来越不接地气。我们来看古人,打开任何一本经典,《诗经》《庄子》《楚辞》《淮南子》等,都充满植物的芳香。里面记录有许多动植物,表明当时人类与自然界时时刻刻保持着密切联系。经典里的许多比喻都巧妙运用了自然界的事物。

那么,我们要是远离了自然界,还会得到如此鲜活智慧的比喻吗?

没有自然界物象参与的语言是多么的乏味和无聊!

坚贞的情感,古人用"坚如磐石""海枯石烂"作喻。愁很多,古人怎么说?"问君能有几多愁,恰似一江春水向东流。"多,而且活,源源不断。由此可见,古代经典是古人的心灵长期与大自然交融,最后开出的花朵。

大家一定奇怪我为什么老谈古人,论古文。的确,我好古。我并不认为今人和古人有太大的区别。今人未必比古人高明。我常常感觉到我的心境跟唐代的那些诗人很相似,他们的无奈,他们的恐慌,他们的厌倦,他们的快乐,我都有。

陶渊明的《桃花源记》,大家也很熟悉。他对自然界的描述很精彩。桃花源是人与自然高度和谐的典范。桃花源三个字已经成为我们的精神家园,成为我们梦想的世界,我们的乌托邦。陶渊明的伟大之处就是他为人类制造符号。他让我们因为他的诗句而对世界充满期待。在后来的诗人心目中,比方说李白、杜甫、苏东坡,这些大家,对陶渊明的尊崇是难以言喻的。他是安慰他们寂寞心灵的顶级圣手。苏东坡专门和陶诗,数量庞大,以示对他致敬。陶渊明还有两句诗"采菊东篱下,悠然见南山。"这短短的两句诗里面,有一个劳动的动作——采。和一种美丽的植物——菊花。还有一种不俗的风景——东篱。一种超然物外的人生态度——悠然。慢悠悠的,仿佛沉浸在艺术的享受中,很快乐。还有一座山——终南山。这两句诗,有着如此丰富的自然色彩和基础,给我们的启示是:人只有和自然界紧密联系,才能得到快乐。

我们来看看陶渊明的另外一首诗《读山海经·其一》:

孟夏草木长，绕屋树扶疏。
众鸟欣有托，吾亦爱吾庐。
既耕亦已种，时还读我书。
穷巷隔深辙，颇回故人车。
欢然酌春酒，摘我园中蔬。
微雨从东来，好风与之俱。
泛览周王传，流观山海图。
俯仰终宇宙，不乐复何如？

这首诗可圈可点的地方很多，是我最喜欢的诗歌之一。读书，劳动，生活，与美妙的大自然相濡以沫。相信大家随着年岁的增长，也会越来越喜欢这首诗。它可以让人宁静下来。最后两句我们可以这样翻译：在低首抬头读书的顷刻之间，就能纵览宇宙的种种奥妙，难道还有比这更快乐的吗？俯仰终宇宙的情怀，是我们需要培育的。德国哲学家康德曾说："在这个世界上，只有两样东西让我长久地震撼，一个是头顶上灿烂的星空，一个是人类崇高的道德法则。"

地理学家徐霞客对咱们广西情有独钟，游记中有大量篇幅记录广西。他在宜州考察游历一个月，留下两万多字的山川记录，占全部游记文字的六十分之一。他的游记被称为"大文字，真文字，奇文字"，就是因为他是行走在山川之间，他的笔触饱蘸了山水的灵气、草木的幽香。我在一篇文章中写过："在今天这个时代，越来越多的人丧失了对旅行本意的理解，以及放弃对生命意义、人的价值的追寻，放弃了对自然的悠然心会，对历史遗迹的冥思沉潜，而把在为生存竞争时被追逐而奔跑的习惯和本能用在旅行这样的行动上。"

而徐霞客完全不是这样。

他的旅行是孤独之旅，是体验和感受之旅，是穷通天地物理，探索宇宙与人生玄机奥秘，进而达到天人合一、物我两忘的生命之旅。他的旅行令我们大多数人感到惭愧。因为他不畏惧任何险阻，有一把草，他就敢燃火入洞，有一壶酒，他就敢泛舟于洪流之上，不知东方之既白。

苏东坡最伟大的作品我认为是《赤壁赋》。夜晚与朋友荡舟江中，"纵一苇之所如，凌万顷之茫然。"饮酒赋诗，缅怀历史，追问宇宙人生，"寄蜉蝣于天地，渺沧海之一粟。哀吾生之须臾，羡长江之无穷。挟飞仙以遨游，抱明月而长终。"伟大的作品必然涉及哲学，像《赤壁赋》，写了大自然，写了历史，思考了生命，追问了宇宙，当然不是那么容易一览无余，读懂得费一番劲儿，你得有功底，有积累，有天赋，有情怀。得让你的心灵干净。如果大家不知道什么是好散文，我今天就给大家推荐了。苏东坡的《赤壁赋》就是最好的散文，我认为，这篇文章，达到了人类从事文学创作的最高水平。

我们有那么好的经典而不去阅读，不去努力寻找进入经典的门径，一见到文言文就头痛，就摇头，殊不知我们老祖宗留下来的几千年的文化，大部分就藏在文言文里边。这个浩大的宝藏我们视而不见，真是令人痛心。美国有个汉学家名字叫史景迁，他为什么叫这个名字，因为他景仰司马迁。他专门研究《史记》。我的一个朋友认识他，跟他有过交流，他认为中国人是幸运的，因为，他读到的《史记》是翻译过的，他只知道句子的意思，但他无法感受到《史记》原文的美，中国语言的美。不在中国文化语境中生长，他无法感受到中国语言的特殊的音韵美，这是他的遗憾。我们有那么好的语言我们不去感受，有那么好的经典我们不去学习，我们丢掉了我们的传统，就像农民丢掉了他们的土地。我们对传统无情，就等于农民对土地无义。结果，经典蒙尘，土地荒芜。这是令人痛心的当下现实。我相信那些离弃土地的农民总有一天会回来，但是，归乡的路是何其漫长！

第四，经典滋润我们的语言。经典的存在避免我们的语言变得苍白、枯竭。宋代大文豪黄庭坚说过一句话："士大夫三日不读书，则义理不交于胸中，对镜觉面目可憎，向人亦语言无味。"不读书不仅会影响到我们的语言，还会影响到我们的形象。最好的美容产品是读书，读书不仅让我们心灵充满生机，也让我们的容颜变得清爽。

杜甫有两句诗早就被视为写作的真理："读书破万卷，下笔如有神。"经典的滋润是静悄悄的、润物细无声的，不是立竿见影。急功近利的行为，从来不适合读书人。鲁迅先生把这两句诗略为发挥，给他弟弟写了两句诗："我有一言应记取，文章得失不由天。"

清代宜州有个叫汤廷诏的进士，写有一首训子诗：

文理通明岂偶然，

也曾黄卷费钻研。

一朝尽把前功弃，

掘井真如未用泉。

用这首诗跟大家共勉。

（本文系2018年9月29日在河池学院第一期山谷讲坛文学讲座讲稿改）

艺道浅悟

请保留一份生涩

在日常生活中，太善于表达的人一开始较容易获得别人的好感，久之，则可能会令人生厌。这也是因为太善于表达的缘故。太善于表达，易于油滑，一油，就麻烦了。俗话说，巧舌如簧。孔子说："巧言令色，鲜矣仁。"人们更加重视的是内部的东西，语言的质地、藏量，而不是表面。就像谈恋爱的人，一开始会被对方的甜言蜜语所迷惑，但过不了多久，就会更加期盼阅读对方内心的语言，看看甜言蜜语背后有没有什么东西支撑，有没有足够的情感维系。最后，谈恋爱的人会得到这样的结论：只要你内心是真诚的，有爱情的真正火焰，那么，你即使是不那么会说话，我也喜欢。是真爱，表达不清楚也终究会清楚，是假冒伪劣的爱，那即便是口吐莲花、口若悬河，那也是没有什么价值的，不会真正触动我们的心灵。

孔子还说:"君子讷如言而敏于行。"有点讷的人比较可爱,但也不能全讷,需要偶尔露峥嵘。

我老婆跟我说过这么一件事:他们读中专时那个班,至今还有两个同学未婚。四十岁了,恐怕也不算太年轻了。一个同学是最善于言辞的,是那种树上的鸟儿都可以哄下来的人。但是很奇怪,至今没有找到另一半。另一个同学是最不善于言辞的,用他们班同学的话来说,是"少一根筋"的人。这两种极端,就是太善于表达和太不善于表达的典型。而在这两者之间的人,都找到了对象。文学的表达,也需要拿捏一个度,控制在善于表达和不善于表达之间。

中国古代思想家老子在《道德经》中说:"多言数穷,不如守中"。人说的话多,往往会使自己陷入困境,还不如保持虚静沉默,把话留在心里。

德国作家托马斯·曼因为长篇小说《魔山》而获得诺贝尔文学奖。他在致获奖答谢词时,第一句话就声明:"作家不是演说家。"

有一年,我去看广西谷舞点典现代舞团的一台十年回顾性表演。这个舞团的节目很精彩,对现实充满反思,最后十五分钟是舞蹈者席地而坐,与台下的观众互动。我发现一个问题,台下的观众一个个能说会道、伶牙俐齿,而台上的艺术家们回答得比较平实,有点讷于言的倾向。显然,他们的回答是很难让台下的观众满意的,他们对舞蹈只是发自内心的爱,但讲不出精彩的语言来。我想,他们也无须在言语上让台下的观众百分之百的满意,他们如果能说会道,他们就是台下的观众,而不是台上的艺术家。正因为他们有无法表达的东西,他们才需要登上这个舞台,用肢体语言来展示他们的痛苦、孤独、愤怒和绝望,或者说是展示他们对生活的理解，他们对美的发现和探索。

艺术家不一定善于言辞，当然，作家也不一定善于言辞。他们可以写出来，但口头表达与写作能力并不总是成正比。在政府部门，我们经常听到人们对某些有潜力的年轻人的赞美，说他们"又能说又能写"。花朵在舌尖开放，却不一定会在笔尖开放。这是我一向的观点。嘴巴捕捉得到的感觉，笔头不一定捕捉得到。我们在台湾参观了马太鞍人的居住区，听讲解员（马太鞍人）给我们介绍马太鞍部落的生活、文化与习俗，这个马太鞍人做过生意，见多识广，他口若悬河、巧舌如簧，把我们弄得一惊一乍的，他完全可以用语言控制我们的情绪。说实话，我对他的演讲佩服得五体投地。后来的环节是大家跟着马太鞍人跳舞，学习跳他们的舞蹈，讲解员也被大家簇拥在人群中。我发现，他的舞蹈动作是那么笨拙，他非常茫然地站在那里，手脚是那么不和谐。他这种舞蹈的表现跟他的说话真是天渊之别。一个人很难是全才，老天爷厚爱于你，也仅仅是会把某一种天分给你，不可能什么都给。

同样道理，如果写作者太善于言辞了，可能他的天分就会悄悄转移。我们身边不缺乏这样的人，我们更愿意听他说话，他说话振振有词，很有鼓动性，但是，他若是拿起笔写作，我们发现，他的语言是多么乏味和平庸，就连他自己也不忍心看下去。

如果你变得太善于言辞了，我得提醒一下，一定要反思一下，你的写作能力到底还在不在？如果你讷于言，不善于口头表达，不妨试一试用笔来表达内心的情感。有些情感，像无声无息的流水一样，得用文字静悄悄地记录，不可以高声喧哗，我们一高声喧哗，灵感树上的鸟儿就会飞走。多数作家喜欢深夜写作，是有道理的，深夜的寂静有利于我们倾听到这个世界最细微的声音。听到江水的呼吸。最近有朋友发现我的作品写虫子比较多——秋天的虫子或者夏天的虫子。虫子也跟夜晚有关，跟宁静有关。世界太复杂，人性太深邃，我掌控不了，我只能满心欢喜地写我身边让我宁静的简单的事物。我深深理解杜甫的诗句："心微傍鱼鸟，肉瘦怯豺狼。"

写作的语言也要警惕太通顺。这跟我们的中学语文老师强调的不一样，他们强调"语言要通顺"。语文老师说的这个也没错。对于初学者来说，写作通顺、流畅的确是最重要的。但是，对于一个作家，就得思考一下，过于流畅就会落入思想的惯性，思想有惯性就是懒惰，不思考，就会像一种大家常见到的虫子，只在水面打滑。文学语言保留一份生涩是必要的。

语言不要有太多附加的成分，语言就是语言。小树得靠叶子来掩盖虚弱的枝干，大树全部赤裸出来拥抱风霜。所以大树不是太在乎叶子。粗糙的东西拿在手上，在人群中奔跑也不会滑落。伟大的树皮都是粗糙的、开裂的，上面记录着它们与风霜斗争的痕迹。那是一种烂不成才的样子。这样的粗糙，正好保证了树的枝干，最高端的细叶，在苍穹是的那一场寂静的对话。

我认为每写一篇文章都是一个新的开始，都是从地平线上重新起跳，就像每次恋爱一样，你不能说：放心吧，我多次恋爱，技巧娴熟！谁愿意跟有技巧的人恋爱？对吧？即使有经验也不能说。只能暗中使用。要假装有几分羞涩，有几分手足无措。要不然，新的恋爱就会泡汤。老技术激发不出新题材隐藏的能量。好的东西，在惯常理念和熟练的技巧面前都会退却。

我们如果习惯于用一种熟练、光滑的语言来写作，产量是没有问题的，很容易成为高产作家。

鲁迅写作的语言就很有陌生化效果。好像刻意保持一份生涩，不那么容易被你读懂。这就是他写作的语言的魅力。也是我喜欢他的原因。

他的小说集《故事新编》，颇有些拿古人调侃的味道，除了《铸剑》之外，他对其他篇章不是太满意，因为他意识到自己写得有点"油滑"了。可见鲁迅是很清醒的。他时刻警惕写作的语言走向"油滑"和过于熟练。

鲁迅翻译的外国作品，很难说就是译界的精品。但是，他通过翻译走近异域语言，吸收异质的语言元素，然后反过来用于自己的创作，改造自己的语言，的确取得了非同寻常的艺术效果。

鲁迅写作的语言的生涩感在我面前竖立起一道障碍，经过长时间的努力，我终于越过这道障碍，看到了文学最迷人的风景。

同样道理，杜甫的诗歌对一般人也有理解障碍。他的诗歌美学是"工拙参半"。悟透这四个字很重要。他的很多诗，开头都很平实，几乎是平铺直叙。比如，他的《韦讽录事宅观曹将军画马图》一诗开头："国初已来画鞍马，神妙独数江都王。"到了后面，自然是境界迭出、气象峥嵘。"其余七匹亦殊绝，迥若寒空动烟雪。""腾骧磊落三万匹，皆与此图筋骨同。"顿时荡气回肠。恐怕没有人像他那么更惧怕"油"了。杜诗也许不像其他诗人的作品那么朗朗上口。他对语言的大胆运用和创新也很突出。看起来好像不通，细细品味却非常奇妙，给中国语言平添了一种奇崛之气。他的诗大气苍茫，与大自然气脉相通，不玩小聪明。比如我们熟悉的"星垂平野阔，月涌大江流""地与山根裂，江从月窟来""吴楚东南坼，乾坤日夜浮""露从今夜白，月是故乡明"。比如，郦道元《水经注》描写长江巫峡景色时记录了两句渔民歌谣："巴东三峡巫峡长，猿鸣三声泪沾裳。"杜甫摘用原句中三个字"三声泪",在他著名的《秋兴八首·其二》中这样说:"听猿实下三声泪,奉使虚随八月槎。"语言出人意料的运用,产生不可抑制的艺术感染力。应验了他的文学宣言:"为人性僻耽佳句,语不惊人死不休。"说到"性僻",想多说几句。你不"性僻",你就没有时间"耽佳句"了,没有时间"耽佳句",你的语言就不可能"惊人"。这是有因果关系的,环环相扣。杜甫这个人,还真的不算怎么喜欢跟人交往。他在《发秦州》一诗中,透露了要离开秦州(即今甘肃天水)的原因之一:"此邦俯要冲,实恐人事稠。应接非本性,登临未销忧。"当时的秦州太热闹了,人事交往过于密集,会丧失人的本真。在另外一首诗《暇日小园散病,将种秋菜,督勤耕牛,兼书触目》中杜甫说:"不爱入州府,畏人嫌我真。及乎归茅宇,旁舍未曾嗔。老病忌拘束,应接丧精神。江村意自放,林木心所欣。"从这些细节,我们不难读懂这个被称为"诗圣",他的诗歌被称为"诗史"和"江山图卷"的老夫子,他是如何小心翼翼地保护他那个"草长莺飞"的精神世界,不允许受到无端的侵凌。

西方人了解杜甫,主要是靠学者洪业在二十世纪四十年代出版的《杜甫:中国最伟大的诗人》一书,此书迄今为止仍被公认是英语世界中关于杜甫的最重要著述。此书最近几年才翻译成中文,在国内传播。洪业十四岁时,父亲送他一本《杜诗镜铨》,说不但杜甫如何作诗可学,杜甫如何做人也可学。于是他把杜甫一千四百多首诗和三十多篇文逐句读完,但觉得难懂,不如李白、白居易有趣。他父亲就告诉他:"难怪你觉得李太白的诗和白香山的诗都比杜工部的诗好。我年轻的时候,也有这样的感觉。年岁越大了,对于杜诗的欣赏,也越多了。读李诗、白诗,好比吃荔枝吃香蕉，谁都会马上欣赏其香味。读杜诗好像吃橄榄，时间愈长了，愈好；愈咀嚼愈有味。你说杜甫一生得意的时候少，倒霉的时候多；欢乐喜笑的声音少，叹息呻吟的声音多；这也是对的。不过人生的际遇离合大多半是不受个人支配的。杜甫在痛苦的处境中，还勉为常人之所难，这是可学的。这样地为人，走了运，当然会成功；倒霉了也不至于失败。"

在杜甫的美学世界里，生涩，估计是先天的。世间的美味，都有点微苦，茶，咖啡、竹笋、以及，我们的爱情……

语言的开创性运用十分重要。

《红楼梦》和《金瓶梅》都可以称为"中国语言宝库"。相比之下，《红楼梦》的语言精致一点，《金瓶梅》的语言更民间、更混沌，也更苍茫。从语言来说，《金瓶梅》更具有一股原始的力量，欲望、金钱、世俗生活，写得生机勃勃，对语言的运用，也多见奇妙。比如，"如花似朵""千恳万恳""睡里梦里""金命水命，走投无命"……

如果我们感叹当下没有什么好文章，我们不妨读一下《古文观止》。我们要在文学长河中的经典作品里寻找滋养。司马迁的《报任安书》可以被视为《史记》的创作谈，写得曲折幽深、痛彻肺腑。我认为，中国历史上两场最悲壮的辩护，一是司马迁为名将李广的孙子李陵辩护，二是杜甫为宰相房琯的辩护。两场辩护给两个大文豪造成终身的不幸和痛苦。司马迁被处以宫刑，极尽人生之羞辱。杜甫也激怒了皇帝，差一点就被处以极刑。"廷争酬造化，朴直乞江湖。"杜甫晚年用两句诗归纳自己的人生。意思是，我在朝堂上站出来为房琯辩护，对得起天地造化了。我的质朴、正直性格是我流落江湖、乞食天涯的原因，我自己非常清楚。

所幸的是，他们都没有被残酷的现实摧毁，他们抱住了那一团文学的火焰，创作了万世流芳的文字。司马迁的《太史公自序》，透露了孔子编撰《春秋》的秘密，实际上我认为，也是散文创作的秘密。孔子说："我欲载之空言，不如见之于行事之深切著明也。"我们的思想和观点，需要载体，需要写事、写人，通过写事写人来彰显出来。这就是后世所说的"春秋笔法"。散文创作，切忌不及物，流入心灵鸡汤一类文字。

我发现不少理工科的专家具有很高深的文学素养。这说明文学不是文科的专利，也不是某个人、某种职业的专利，它属于所有的人。它滋养着这个世界所有的心灵。获得诺贝尔物理学奖的物理学家李政道的一些言论也让我吃惊。他说屈原的《天问》这首长诗，其实是屈原用诗歌写成的宇宙学论文。我们以此知道屈原学问的博大和精深。他不是一般的有点文采的诗人，他穷通天地物理。用杜甫的诗来说，就是"情穷造化理，学贯天人际"。李政道有一篇物理学论文，开头就是杜甫的两句诗："人生不相见，动如参与商。"参与商，是两个星座，其实就是猎户座和天蝎座，一个在东，一个在西，此出彼没，不得相见。这种天体物理现象，被杜甫用来比喻人生难以相见的现象。两者关联之处却被李政道敏锐地发现了。文学与科学，并不是泾渭分明的。学科之间是可以联通的、融合的。杜甫的诗歌之所以有力量，正是因为他融通了多种学科，他精通历史、佛典、诸子百家，他的骑术也很高明，他与那个时代很多种艺术门类的顶尖高手都有过交往，他其实可以被看成是唐代文化的集大成者。

不止一个小说家说过，他写得太流畅的时候会停下来，写作不是一鼓作气、一泻千里的事情。它需要走走停停，不断停下来喘息。一条伟大的河流必然是弯弯曲曲的，有波平如镜，也有激流险滩，有浅水，也有深渊，更多时候，是静水深流。只有小溪水才是一路欢唱不歇。还有那些人造的沟渠，没有美感，没有弯曲，没有潜伏，没有停顿，没有沉思。

文学一定要留下一些无法表达的空白，就像断臂的维纳斯，她的艺术感染力超过所有体形完美的女神。就像书画的留白，文学也不能填得太满。有一部分，得靠读者想象的参与，没有想象的读者不配拥有文学作品，就像没有想象的人不配拥有爱情。诗意是在读者与文字的神秘互动中产生的。

我打算用三段话作为我讲座的结尾。

第一，作品得以流传，首要条件是，你必须是真文人。假冒文人只能骗得一时。真文人的作品有那股真气，不用包装也能够立得起来。如果不纯粹，却想借用强大的势把作品抬得很高，穿金戴银，结果，一放手作品就哑火。康熙乾隆各有诗上万首，可我们只传诵李白。李白很可怜，只是个文人。但他的气息一直在流转。

第二，在表达绝对清晰的同时保持一种可贵的含混感，艺术的感染力就会特别强大。我们看到一些世界名画喜欢画女性的慵懒，她们身上似乎散发着雾一样的气息，仿佛从混沌初开的洪荒走来，很寂寥，很迷人。其实语言文字也需要这样的气息。不必要完全清醒。

第三，那种节制、收敛的语言；那种看似废话但有韵味的语言；那种接通微茫或者混茫世界的弥漫性语言；那种横空出世的语言；那种严肃场合让人忍俊不禁的语言；那种凛冽的岩石间小花小草般闹小情绪的语言……是我心目中的贵族语言。

（本文系2019年广西公安文化业务培训班文学讲座讲稿改）

散文的边界

说到散文，不知道大家有没有这样的体会，在这个年代写散文是有点尴尬的，散文的地位也有点尴尬。评论家、杂志编辑不怎么待见散文，许多时候，如果有小说家在场，他们是基本不跟写散文的说话的。小说可以改编成影视，影视很易于为世俗的大众接受，在世俗大众的娱乐狂欢中，小说家也误以为他们达到了艺术创作的巅峰状态。我想，这也是发生在当代中国的怪象。事实上，我们认真思考一下，不说古代，不说诸子、唐宋八大家，就从五四到现代，烩炙人口且能够流传下来的文学篇章，恐怕也是散文居多。鲁迅写小说，也写散文，他的散文是绝对不亚于他的小说的；沈从文是小说家，但是，人们越来越发现，他的作品中最有价值的是他的散文，就是那本薄薄的《湘行散记》，这是他文学创作的巅峰之作。散文看起来门槛很低，谁都可以写，这也就是它常被置于尴尬境地的原因之一。但谁心里也知道，散文要写好，一千人里面恐怕难找一个。每一种文体都应得到充分尊重。西方对文体甚至只有两种划分方法：诗体和散文体。小说包括在散文里面的，只不过，小说是其中虚构文本那一部分。

最近，我应邀为《广西宜州文学作品典藏·散文卷》作序，这本集子收录了宜州籍作家在改革开放三十年间创作的散文精品。我在序言中说："散文这种文体很自由，门槛似乎也不高，几乎所有写作的人都觉得写散文并不难，但久而久之，就会渐渐感悟到，这种文体自有其形制，不可掉以轻心。就像一条江河，小孩子可以随意走进它的浅滩，尽情地戏水。但这条河流的深邃和隐伏着的令人胆寒的气质可能要等到这个孩子成为一个老人，拄着拐杖，凝视波光粼粼的江面时才有所觉悟。其实，每一种文体都需要它的天才锻造它的精纯。"

散文这种文体，对真实生活和经历有特殊的要求，当然，它也不是简单地记录生活和经历。它需要提炼。就像拍好一张照片需要发现、思考、构思和想象，写一篇散文，也需要理性的参与。好作品光靠感性是立不起来的。写散文可以被视为在自己的或丰富或简单的人生经历中"沙里淘金"。也可以在自己的心灵旷野里呼虹唤霓、耕云种月。但首要条件是，你的经历和心灵必须是真实的。任何一次起跳，都必须是站在大地上。当你跳到半空，你回头发现土地已经消失，你的恐惧将是巨大的，你肯定无法保持在空中那种优美的姿势。

散文必须写自己的感受。人的感受里藏有无边无际的世界，可以发生很多故事，想象很多情节。但自己的经历、身份、见闻必须是真实的。

我们必须要有一个真实的支点。举个例子说明，写散文就像睡觉，床铺、床上用品、人，必须是真实的，但梦可以进入另一种境界。睡梦中的动作可以千奇百怪，梦呓可以混乱。当然，我们更希望看到梦中人微笑。

葡萄牙诗人费尔南多·佩索阿著有随笔集《不安之书》，我从中读到了他对散文的理解，我备感振奋，引为异代共鸣知己。在此，我愿意摘录几段跟大家一起分享。他这篇文章题目是《我喜欢散文的理由》。他说："散文值得细看，因为它关系到艺术价值的本质所在。""我将诗歌看作一种介于音乐和散文之间的中间阶段。和音乐一样，诗歌要遵从音韵节律，即使没有严格的韵律，他们的存在仍然受到格式、约束、压抑和责难的自动机制的影响。在散文中，我们可以自由发挥。我们可以在思考的同时加入音乐的韵律。我们可以置身于诗歌之外，加入诗歌的节律。偶尔出现诗韵不会扰乱散文，但是，偶尔出现散文的节奏会毁掉诗歌。"

"散文将一切艺术囊括其中，部分是因为语言包含了整个世界，部分是因为不受限制的语言包含了一切表达和思考的可能性。""我们带着韵律、犹豫、连续性和流动性来建造房子。"《散文的边界》这个题目正是得益于佩索阿的启发。

佩索阿还说："我确信，在一个完美的文明世界中，除了散文，没有其他艺术。"

"散文为自己唱歌，为自己跳舞，为自己朗诵。散文中有踩着妙曼舞步的文字韵律，表达的思想就像剥去外衣，露出堪称典范的真实感官。散文中还有伟大演员的微妙手势，这个伟大演员就是文字，它带着一种节奏，将宇宙中的无形奥秘转变成有形物质。"

写散文的人，不能光读散文。这是我一向的观点。像鲁迅说的，必须"杂取种种",像蜜蜂采百花酿蜜一样。我在我的散文集《隔岸灯火》中有一段话是这样说的:"说实话,我不太喜欢专业散文家写的东西,也从内心抵制各种散文专业会议。散文刊物我从来不读。散文界内部形成的那种内循环只会把文学萎缩化和侏儒化。散文太需要杂取种种,随物赋形,其气与天地游,灵活万端、迁流不息的世界几乎不允许这种文体作职业化的停留。"

如果大家感觉到当今没有什么好的散文效法,我们可以去仿效古人。河流被污染了,我们到源头挑水,回到艺术的源头。

前阵子我在微信中读到了一个叫刘巨德的画家的一段话。他说:"要想创新,必须要回到源头,像大马哈鱼一样,在大海长大以后,再逆流而上,回到源头,在源头产卵以后,新的生命顺流而下,又回到大海。艺术创新也是一样,必须逆流而上,回到源头的永恒,找到永恒的生命精神以后,方能产生创新。"跟潮流是容易的,但要像大马哈鱼一样逆流而上,回到源头,是会碰得头破血流的,所以很多人喜欢跟着潮流走。我看过一个电视片,成千上万大马哈鱼逆流而上,回到源头的只有少数几百条,其他全牺牲了。艺术也一样,能回到永恒源头的艺术家从来是少数人,但我们不能因为难,就丢掉了这种逆流而上的精神,只有这样才能真正领悟传统,才能真正产生创造性。

这位画家还感叹:"在中国画的教学上,目前的问题不是缺知识,不是缺技法,也不是缺乏对中国传统绘画程式的研究。缺什么呢?缺的是古人的精神,缺的是境界。"

我曾在上海一个研讨会上听过一些评论家抱怨当今没有什么好作品阅读,感到文学让人乏味和没劲。我想,如果把两千年的文学当作一个整体，就不会感到乏味和无聊了。处处有幽谷，有茂林修竹。横水注沧溟，乾坤日夜浮。经典是不受时空限制的，他们穿越时代、穿越阶级和地域。

古人说，思接千载，神游八极。想象无极限。好散文一定需要想象。杜甫诗云："思飘云物外，律中鬼神惊。"有两层意思，一是想象的力量，想象可以让万类生春。二是对语言韵律的追求，具有高度审美性的语言可以让作品获得艺术的魔力。也就是杜甫说的，让鬼神惊恐。有想象力、有审美性的语言是好散文的两个重要标志。

关于散文写作，我有"三物论"。现在我仍然想利用这个讲坛重申我的"三物论"。简单地说，第一，体物入微。对生活必须有细致的观察与发现，这是写好散文的关键所在。"幽微入于博通"，只有入微，才能"博通"，才能有所得。不要为写作而写作，要为发现而写作。对生活有发现的文章总是会让人眼前一亮。我说的这个发现，不是普通的发现。大家都能发现的，就不算发现。"人人心中皆有，人人笔下却无。"发现的能力，对文学至关重要。发现让自己惊喜或者恐惧的事物，并且这些事物能够点燃我们写作的火焰，这可能就是生活通往文学的接口。你光发现了，但是你不想写还不得，你发现了，哟，这个要写出来，太好了，你有一种叙述的强烈冲动，这个是很重要的。发现之前没有被发现的东西，这东西能触动更久远的想象和回忆，能让我们突然若有所悟。我的《青砖物语》中说过，我发现了一块被砌进红砖墙里的青砖，它的孤独，一下子打动了我。于是我展开了想象，让这块砖带着我穿行。我的《死亡故乡》，是在回老家的路上突然有所感悟，发现了故乡的"故"字的真正含义。我在文章中写道："一次次坐上例行公事的汽车返回故里，大都是去经历亲人的故去。这自然也包括清明节在内，只不过那是经历一种遥远的故去罢了。我愈来愈体会到'故乡'一词的分量。它似乎与死亡有关，与遥远的死亡有关，与近迫的死亡有关，也与未来的死亡有关。一个'故'字，道出了多少人生的意味，牵出了多少沉重的话题。中国的文字向来就是这样触目惊心。难怪仓颉造字的时候，天地惊而鬼神泣！并且我认为，鬼神不是啜泣，而是号啕大哭。至今，旷野的风中，仍可以听到它们的哭声。"

"经历亲人的死亡是一段刻骨铭心的历程。这里边有一种沦陷的伤痛。像河滩上的沙子，水一冲，分崩离析，再也难以聚合。幸亏飞逝的光阴，有让人逐步学会遗忘的功能。累累的坟冢，整合着我们的悲伤，同时也淡化了我们的悲伤。把这一次死亡和以往众多的死亡排列在一起，把它纳入一个宏大的背景和世界中，那么，近切的会变得有些遥远，激烈的会变得有些宁静，重要的会变得有些次要了。就好像一滴滚烫的水跌落一桶冷水中，由于它体积太小，它很快就会消褪它的热度。但那桶水无形中壮大了，日积月累，它将越发给你一种冰冷的感觉。死亡是一个无比深邃的世界，它以如许冷漠的表情牵引着你，无论你走到天涯海角，它都不紧不慢地为你安排归途。它在你看见和看不见的地方延伸着，横亘着，亲切而又遥远，它是构成你故乡的重要元素。这元素博大精深，比梦还飘逸，比血还黏稠。没有它，整个故乡会陷落，会黯然失色，会漂泊无根。故乡，是一个人庞大而幽微的系统，它记录有你生命的密码，你得受它萦绊，同时又获得它的滋润。"

我就是因为在亲身经历中，发现了与别人视野不同的故乡，于是写下《死亡故乡》，揭示了人类故乡的秘密。

第二，随物赋形。"随物赋形"体现了散文自由潇洒、变幻莫测的特点，也提示我们散文应该怎么写。经过观察和发现，我们能够穷物之妙，得物之韵。然后怎么写好一篇好散文？给这物赋上什么样的形？这也是写作比较困难的事，这不是一朝一夕就可以解决的事情，需要长期的积累和摸索，需要种种经验。一件小小的事物可以用几句话写出来，兴致一来，可以写几千字，几万字。但是，一行字，一百字，一千字，一万字都是散文。我前几年比较关注三江女作家吴虹飞的微博，她的一两句话，在我看来也是文章。因为话中有话，空间感很大。比如，某个深更半夜的，她突然发两个字"没劲！"。深更半夜迸出这两个字来，让人产生无穷的联想和猜测。她是对别的人失望呢，还是对自己失望？还是想到什么事情突然觉得无聊？存在种种可能性，我认为这就是文学的空间和张力。还有一次，她发了一句话："你还敢对我再好一点吗？"也是在深更半夜。这句话，触动了我们的底线。在生活中，我们有太多的不敢，我们浅尝辄止，我们以种种堂皇的理由掩盖了内心的怯懦。我们想爱一个人，但我们又怕自己陷得太深，害怕破坏原有的平衡。吴虹飞一眼就洞穿我们的秘密，我们简直无地自容。对的，我们不敢对你再好一点。我们无法面对生命中不能承受的轻和重。你看，吴虹飞这一句话，是不是文学呢？意大利作家卡尔维诺在《未来千年文学备忘录》这本书中曾经预言过，未来会诞生一句话的文学。我对此深信不疑。所以，我们无须去纠结一篇文章的长短，长长短短都有其使命，完成了一个想法就好。中国最早的诗歌是哪一首呢？春秋末年《弹歌》："断竹，续竹；飞土，逐肉。"跟狩猎有关。中国第一首情诗，记载在《吕氏春秋》里面，相传是涂山氏之女创作的，四个字："候人兮猗。"这四个字，意思是那个人呵，让我等待呵，让我煎熬呵。兮猗，是长长的感慨和叹息，这大约就是古老爱情的内核，其实这个内核到今天也没怎么改变。这四个字，影响到后来的《楚辞》。一个"兮"字，藏有无尽的音声海，无尽的言辞海，具有强大的文学能量。我们要写的东西，形状是由我们赋予它的，面粉和泥团在我们手上，我们爱捏成什么就捏成什么，适合怎么写就怎么写，不要刻意拉长一篇文章，也不要刻意地压缩。

第三，超然物外。这个词语是想说明散文与现实的关系。散文可以写当下现实，写离自己近的东西，但作品要获得生命，必须要有超越现实和生活的想象和情怀。到今年为止，我已当了五届广西网络文学大赛评委，今天刚好是评审会，因为与这个讲座冲突，我只好请假。前不久广西高校首届创意文学大赛也请我做评委，宾阳县散文大赛也请我做评委。我阅读了大量的参赛散文，有一个感受，农村题材的散文相当多，而且质量也不错。许多篇章，都闪耀着"农耕文明的光芒"；写城市的文章少，纵然有一点，质量也是欠佳。我们也有相当成熟和老牌的城市，但能够深入城市文化内部去写作的，似乎不多。大部分还是着眼于田野和村庄。这当然也与我们的现实有关，与我们整个国家的文明进程有关。写农村，写泥土，写艰难的生活，写自己的亲身经历，这些都无可厚非。但我总是觉得文学的空间没有得到拓展，缺乏想象力和高远的情怀。这当然跟题材无关，跟思想、境界、美学、观察的角度有关。忠实于生活，没错，但好文章必然是同时不忠于生活的。"行世间事，无世间意"，这是佛家妙理，同样适于散文。作品呈现的气象必须跟现实生活拉开一段距离，是对现实生活的精致提纯。这就是我说的"超然物外"。最近我读李修文的《致江东父老》，感觉比他之前的《山河袈裟》更高远了。他的散文，似乎打通了散文和小说的壁垒。他的散文都是在讲故事，都是一些很挣扎的生命故事。故事是不是彻底真实我们且不去考究。但有一个基本点，他在文章中的身份是真实的，他是一个失败的作家，因为写不出小说，有过几年到处做廉价编剧的漫游生活。他记录或者虚构了漫游生活所遇到人和事。他是一个讲述者，一个倾听者，也是一个发现者，一个与天地万物共命运的敏感灵魂。在《万里江山如是》中，他写了在西和县看社火，"全都要在死里拼出一场活""浩劫来了，生机也来了""对于一个没有战场的人来说，所有的号角都是羞辱""我不甘愿在这里——我甘愿我在割头与还债的队伍里，在那里厮杀，又在那里抢亲；在那里呱呱坠地，又在那里驾鹤西去""也许，一片看不见的战场正在某个地方等待着自己？"……黑龙江开江，冰块破裂极其壮观，这些外在的景象很多人都能写，但紧接着，他看见了一个沿江奔跑的疯子，他要吸黑龙江的第一口精气，用来治病，这就很震撼。他写道："但凡刚刚落生的物事，他都追着去看，去吸它们身上的精气，破壳的鸡仔、破土的麦苗、第一缸酿出的酒，又比如眼前这条动了雷霆之怒的黑龙江。""它们涌到哪里，他就跟着跑到哪里，只因为，它们就是药，是他一年中喝下过的最猛的药。"他还写了在广西一个小城的万亩甘蔗林里迷路的经历。他写他在祁连山中经历风雪的经历——咬碎了一口雪，希望能够咬碎"万里江山之苦"。这时候，一匹白马来接他，让他感到"稳稳当当""在马背上唱起了歌"，发出这样的感慨："假如有人也如同了此刻的我，在苦行，在拼尽性命，我要对他说：放下心来，好好活在这尘世上吧。虽说穷愁如是，荒寒如是，然而，灯火如是，同伴如是，万里江山，亦如是。"《三过榆林》写命运悲苦的盲眼艺人师徒间的那份几近庄严的情义。

现在这种情义越来越少了。中国的礼仪正道，居然在这些尘土一样卑微的人身上闪闪发光。"头上飞着一只孔雀"的徒弟死了以后，师傅吃饭时，总摆上他的碗筷；师傅起身时，也会对着空中大声喊"走了！"；师傅唱信天游时，也会对着看不见的那个世界说："一起唱起来呀！"这些描写，显然超越了生活，但是，它依然真实，因为它的存在，仍然具有可能性。我们能够挖掘出一种新的可能性，而且有真实情感的依附，我认为这才是文学最高妙的地方。

因此，我们要活得超然物外一点，敢于面对苍穹狂笑。想有李白那样的诗篇，首先要有李白那样不羁的气度。我认为某些时候或者大多数时候，文学是我们头顶上的月亮和星星，是不能太跟现实粘在一起的。人可以忠诚地站立在大地上，但仰望星月是我们作为人最高贵的行为。文学对现实的意义不在于文学跟现实融为一体，如胶似漆，而在于给现实提供抑制的元素，一瓢冷水、一记耳光、一段横空出世的人性的秘密、一种语言的扭动行为，让现实突然惊醒，进而反思。我们仿佛提供一面镜子，美丽和丑陋的人都来这里照照，然后自己反思。文学要和现实拉开一定的距离，太贴近现实就会被现实吞没，保持对现实的审视才是作家的正确态度。

（本文系2019年11月30日南宁市图书馆公益文学讲座讲稿改）

后 记

谁都知道，对故乡的回望和重返，是带有生命温度的行动。作家回眸故乡，可以让作家重新思考自己走过的路、自己的出处，以及自己写作的可能性。这些年，《广西文学》杂志开辟有《重返故乡》栏目，约请作家重新审视自己的故乡，非常成功。我应约为该栏目写过一篇关于故乡的文章，我写的是具有地域特点的我的故乡——故乡的文化状态、故乡的隐秘故事、故乡古旧的事物，甚至是故乡带给我的恐惧。但我也试图探索每个人心中的故乡——他走在天南海北仍然带在身上的无形的故乡、举首投足之间透露出的琢磨不透的故乡。我还记得，完成这篇文章的那个夜晚下了一场大雨。闪电、雷鸣、倾盆大雨以及突如其来的那种雨夜的清新滋润的气息常常会帮助我们接通有关故乡的信息。

《广西文学》杂志《重返故乡》栏目的独特性还在于它同时有外部行动的呼应。每年杂志社都组织一次"重返故

后 记

乡"活动，选择到一个作家的家乡去，看看那里的风景，跟那里的乡亲们坐一坐，聊一聊，喝杯水酒。我有幸参加过数次这样的活动。甚至内心也暗暗渴望，有朝一日也重返我的故乡。但我同时也有隐忧，害怕重返故乡时会照见我故乡的凋零与破残。害怕场面让大家尴尬、难堪。现在的村里，到处是砖混的楼房，坚硬，冷漠，没有温度，只剩几个老人守屋子，空落落的，已经不是我童年时候那个欢声笑语的故乡。鸡犬相闻，往来种作，白发垂髫并怡然自乐的景象只能在梦中出现。我们故乡的面容越来越模糊，那些小石桥，那些村道旁的花树，那些光光的青石板路，全都隐藏起来了。眼前的故乡如此陌生，让我们找不到半点皈依感。因此我常常渴望重返故乡，同时也害怕重返故乡。

并不是有点害怕就可以不回，你回和不回，你的故乡一直都在。她一直都在望着你，只是，你误以为她的视线有点模糊，有点游移，其实，都是你内心世界的模糊和游移的映照。有时候，故乡的一声召唤，我们就得默默地整理自己的行囊，走上归乡之路。前不久我回了一次故乡。那晚下了一场大雨，第二天一早我登上堂弟的砖混楼房的楼顶，打量我的故乡。看到松竹犹在，四面环绕的青山上白云依旧，心有所动，便得诗一首：松筠童子已沧桑，半是幽清半迷茫。唯有白云仍似雪，卷舒作意恋故山。

我似乎找到了我们的故乡不会消失的事物。

而正是这些不会消失的事物，唤醒我们重建乡村、重建故乡的热情。土地已经荒芜，但外出的人终究要归来。在这场旷日持久的归乡之路上，对于一个写作者来说，文学意义的重返故乡会让我获得心灵安宁的重要滋养。故乡是我们写作灵感的宝藏，因为故乡有写不完的童年。每一个小小的入口，都能够涌出浩荡的语言。不要丢失了我们的故乡，故乡有松有竹，有最朗洁的月。故乡是我们获得第一口甘甜的乳汁、第一口清水的地方，是我们触摸到第一个文字的地方。童年时站在夜晚的晒谷坪上仰望满天星斗灿烂，我们第一次发现世界如此高远和神秘。永远不要丢失了我们的赤子之心。

写作，是精神意义的"重返故乡"，我期待在故乡广袤的土地上，许多古老宁静的事物渐次回归，我期待调整好内心的山水。

何述强

2023年4月19日